全译原版插图典藏版

木偶奇遇记

Le avventure di Pinocchio

［意］卡尔罗·科罗迪（Carlo Collodi）◎著

王干卿◎译

C1S 湖南文艺出版社
PUBLISHING & MEDIA
中南出版传媒 HUNAN LITERATURE AND ART PUBLISHING HOUSE

博集天卷
CS-BOOKY

图书在版编目（CIP）数据

木偶奇遇记/（意）科罗迪（Collodi,C.）著；王干卿译. —长沙：湖南文艺出版社，2012.2
ISBN 978-7-5404-5294-0

Ⅰ.①木…　Ⅱ.①科…　②王…　Ⅲ.①童话—意大利—近代
Ⅳ.①I546.88

中国版本图书馆 CIP 数据核字（2011）第 260426 号

上架建议：青少年阅读·经典名著

木偶奇遇记

作　　者：[意]卡尔罗·科罗迪（Carlo Collodi）
译　　者：王干卿
出 版 人：刘清华
责任编辑：丁丽丹　刘诗哲
监　　制：吴成玮
特约编辑：薛　婷
版式设计：利　锐
封面设计：张丽娜
出版发行：湖南文艺出版社
　　　　　　（长沙市雨花区东二环一段 508 号　邮编：410014）
网　　址：www.hnwy.net
印　　刷：北京鹏润伟业印刷有限公司
经　　销：新华书店
开　　本：880mm×1230mm　1/32
字　　数：220 千字
印　　张：10
版　　次：2012 年 2 月第 1 版
印　　次：2016 年 12 月第 6 次印刷
书　　号：ISBN 978-7-5404-5294-0
定　　价：28.00 元

质量监督电话：010-59096394
团购电话：010-59320018

官方证书（意大利文）

RICONOSCIMENTO UFFICIALE

L'AMBASCIATA D'ITALIA A PECHINO

VISTI I MERITI ACQUISITI PER LA CONOSCENZA E LA DIFFUSIONE
DELLA CULTURA ITALIANA IN CINA

CONFERISCE

A Wang Ganqing

IL PRESENTE RICONOSCIMENTO UFFICIALE
PER LA TRADUZIONE IN LINGUA CINESE DELLE OPERE
"LE AVVENTURE DI PINOCCHIO" DI CARLO COLLODI
E "CUORE" DI EDMONDO DE AMICIS

Pechino, 8 gennaio 1999

L'Ambasciatore d'Italia a Pechino
Dott. Paolo BRUNI

官方证书

　　该证书授予《木偶奇遇记 快乐的故事》的译者王干卿先生，以表彰他在了解意大利文化和在中国传播意大利文化方面所取得的功绩。

意大利驻华大使

1999年1月8日于北京

保罗·布鲁尼博士

译者介绍

　　王干卿，1964 年毕业于北京广播学院 (中国传媒大学) 外语系，在国家广电总局中国国际广播电台意大利语部任译审期间，获意大利政府奖学金，到意大利罗马大学文学哲学系进修两年，专攻意大利儿童文学。

　　独译代表作有《木偶奇遇记》、《爱的教育》、《续爱的教育》、《淘气包日记》、《露着衬衫角的小蚂蚁》、《流浪儿》和《意大利童话选》等 12 部，和其他人合译作品 11 部。曾荣获 "中国少年儿童文学作品译作头等奖"，因 "了解意大利文化和在中国传播意大利文化方面所取得的功绩"，于 1999 年荣获 "意大利政府文化奖"。

译者前言

　　《木偶奇遇记》的新译本跟我国读者见面了。

　　《木偶奇遇记》的作者卡尔罗·科罗迪，原名是卡尔罗·罗伦齐尼。作者的童年是在他母亲的出生地科罗迪镇度过的。为了纪念母亲和缅怀曾滋养自己的这块热土，作者在他1856年1月11日的一篇短文中，第一次使用"科罗迪"这个镇名作为文章的署名。

　　1826年11月24日，科罗迪出生在意大利历史文化名城佛罗伦萨。父亲是厨师，原籍是佛罗伦萨以南的科尔托纳城，母亲是裁缝。科罗迪自幼酷爱学习，人生阅历丰富，读完五年教会学校后，便进入寄宿学校攻读修辞学和哲学。他做过书店雇员，利用这个机会，结识了不少作家和新闻记者，更重要的是博览群书，从中汲取营养，获得知识，为以后的创作积累了丰富的素材。他主编幽默讽刺杂志《路灯》、《艺术》和《论战》。

　　当时意大利的民族矛盾和阶级矛盾异常尖锐，科罗迪怀着满腔的爱国热忱，投笔从戎，曾两次志愿入伍，积极投身于民族解放运动。复员后，他被聘为几家报刊的记者和编辑，撰写了一系列随笔、见闻、幽默讽刺小品、短篇小说，无情鞭挞现实中的虚伪和丑恶，热情歌颂生活中的善和美，无限同情中下层人民的困苦和不幸遭遇；还发表了大量反映社会问题的小说，其代表作有《佛罗伦萨的神秘》（1857）《滑稽人》（1879）以及《眼睛和鼻子》（1880）。科罗迪在戏剧创作方面也颇有建树，先后发表了剧本《家庭的朋友》（1856）《良心和职业》《丈夫的荣誉》以及《大孩子》等。科罗迪在1875年翻译发表了《仙女的故事——

法国贝洛等人的童话集》，开始走上儿童文学创作道路的。

科罗迪是以描写儿童生活而享负盛名的作家。《吉亚纳提诺》（1876）《米努佐罗》（1878）《小学二年级教科书》（1889）《小学三年级教科书》（1889）等便是反映这一主题的脍炙人口的作品。

科罗迪最著名的两部作品当属长篇童话《木偶奇遇记》和《快乐的故事》。

1881年初，科罗迪把《一个木偶的故事》的第一部分寄给《儿童报》的社长菲尔迪南多·马尔提尼。科罗迪在附言中说："我寄给你的这些材料，只不过是幼稚可笑的小玩意儿罢了。你可随意处理，如要采用，我可继续写下去。"马尔提尼一口气读完了这"幼稚可笑的小玩意儿"，如获至宝、爱不释手，当即决定从1881年7月7日起在《儿童报》上分期连载《一个木偶的故事》的第一部分。这些故事动人心弦，引起了读者的极大兴趣。科罗迪原来打算10月27日停笔，但读者"不满"的信件雪片似的飞来。第二年他把新写的故事改名为《皮诺吉奥奇遇记》，副题为《一个木偶的故事》，在《儿童报》上继续刊登，一直到1883年才连载完毕。同年，佛罗伦萨的菲利切·帕吉出版社把整个故事加上当时著名漫画家恩利科·马赞蒂的插图，结集成单行本付印出版发行。在我国，徐调孚先生早在1937年就按英文节译了这部书，取名为《木偶奇遇记》，以后的版本一直沿用这个译名。

《木偶奇遇记》正式出版后，风靡世界，感动了无数读者。从发表之日起至今的一百多年间，单在意大利就有十三万五千个正式版本问世，行销千千万万册。这部书超越了时代和国界的限制，被译成二百多种文字和方言，成为世界上最受欢迎的儿童读物之一。这个故事还曾多次搬上舞台和银幕，并绘成各种动人的画册。为了促进儿童文学创作的发展和繁荣，意大利设立了"科罗迪儿童文学奖"。在《木偶奇遇记》出版发行一百周年之际，意大利还专门召开了讨论会，举办了展览会，组织了演出活动。这部书与意大利另一位作家德·阿米琪斯的儿童教育名著《爱的教育》交相辉映，给意大利和作者本人带来了世界性的声誉。

在意大利，无数家庭往往拿该书里的一些情节教育自己的孩子，说谁要是不好好学习，就会像皮诺吉奥那样长出驴耳朵，谁要是撒谎，就会像皮诺吉奥那样生出又尖又长的鼻子。

我在意大利进修期间，曾在意大利朋友的陪同下，有幸前往科罗迪镇寻访科罗迪这位在世界文坛上享有巨大声誉的儿童文学作家的足迹。

从佛罗伦萨驱车西行五十多公里便到了科罗迪镇。这是一座依山傍水、风景如画，掩映在一片葱茏中的古老小镇。科罗迪镇最古老的建筑物是始建于16世纪前期，被誉为意大利"王冠上最璀璨的一颗珍珠"的加尔佐尼古城堡。城堡气势雄伟，规模宏大。进入城堡，就进入一个清逸寂静幽雅的环境，给人以飘飘欲仙、深奥莫测的感觉。松柏青翠欲滴，康乃馨艳丽多娇，花香四溢，沁人心脾；晚霞把城堡染成一幅色彩斑斓的彩画，意境深邃幽远，真像神话中的仙宫一般。城堡内的海王星仙洞闻名遐迩。仙洞幽深古雅，曲折迂回，宛如仙境。洞内的人物和怪兽形态各异，风格突出，有的龇牙咧嘴，有的双耳竖立，有的青面獠牙，有的呈半蹲欲起之状，有的威风凛凛。森林之神萨提罗的石刻雕像作侧身蹲坐状，展示出一位慈眉善目、蔼然可亲长者的形象；法玛女神的雕像镂刻精湛，神态威严，伫立在城堡之巅，右手执长柄号角，左手执大型贝壳，做吹奏状，眺望远方，两股流泉潺潺从上而下注入深潭。独特的人文和自然景观错落有致，巧妙地融为一体、相得益彰，给这里蒙上一层神秘色彩，为创作提供了取之不尽、用之不竭的源泉。在科罗迪镇度过自己童年的科罗迪对这里"飘飘欲仙"的境界无疑是怀有神往之情的。据专家考证，科罗迪就是以加尔佐尼古城堡为背景，开始《木偶奇遇记》创作的。

为了纪念科罗迪和他的不朽作品《木偶奇遇记》，意大利早在1956年就在科罗迪镇建成开放了科罗迪公园。公园内矗立着书中的主要人物皮诺吉奥和深蓝色头发仙女的高大铜像，草坪四周的广场地面上，用五颜六色的碎石镶嵌出书中许多情节精美生动的故事画面，科罗迪图书馆里陈列着各种版本、各种文字的《木偶奇遇记》，第一座科罗迪纪念碑也在科罗迪一百周年诞辰之际落成开放。

科罗迪镇的方方面面都跟木偶有着千丝万缕的联系。街头巷尾竖立着各种表情、各种姿态的木偶塑像，他那高高的尖顶帽，又长又尖的鼻子格外醒目；商店里摆满了以木偶为形象的五光十色、精美绝伦的玩具；书店里出售有关木偶装帧精致的各类读物，引人入胜的画册和插图琳琅满目、美不胜收。

科罗迪是在他最后一部著作《吉亚纳提诺的魔灯》（1890）出版后不久，于1890年10月24日突然在佛罗伦萨去世，享年六十四岁。这一天，科罗迪准备去拜访朋友，可脚步还未迈过门槛，便"扑通"一声昏倒在地，失去知觉，再也没有醒过来，匆匆与世长辞。当时他的写字台上堆满稿纸、素材、笔记，正在构思一部新的儿童小说。评论界指出："科罗迪是在写作中猝然离开他的亲朋好友和心爱读者的。"最终实现了他年轻时立下的"生为作家生，死为作家死"的豪迈誓言。

《快乐的故事》发表于1877年，共包括《童年的回忆》、《一个懒惰小孩的自我辩护》、《小猴皮皮》和《胆小鬼一事无成》各自独立成篇的四个故事，这四个故事在意大利早被列入中小学课本。评论界认为，《快乐的故事》是继《木偶奇遇记》之后，科罗迪又一部深受小读者欢迎的佳作。在表现手法上，每个故事都不落俗套，构思别出心裁，风格独特，富于幽默感，文句简洁生动，寓教育于从容不迫间或是略带夸张的谈吐之中，让人读起来饶有兴味。其中《小猴皮皮》被誉为《木偶奇遇记》的姊妹篇，意大利米兰"艾美"出版社于1981年出版了该书的单行本。

王干卿

1997 年 7 月 31 日

目录
Contents

第一章 / 001

木匠樱桃师傅是如何找到一段木头的。这段木头既会哭，又会笑，像个孩子似的。

第二章 / 004

樱桃师傅把这段木头送给他的朋友杰佩托。杰佩托要把木头做成一个神通广大的木偶，会跳舞，会击剑，又会翻跟头。

第三章 / 008

杰佩托刚回到家里，马上动手做木偶，并给他起名"皮诺吉奥"。木偶起初搞的恶作剧。

第四章 / 014

皮诺吉奥和会说话的蟋蟀的故事。从这个故事可以看到，坏孩子是如何讨厌比他们懂得多的人来劝告自己的。

第五章 / 017

皮诺吉奥饿极了，找个鸡蛋想煎着吃，可在紧要关头，煎蛋竟从窗口飞了出去。

第六章 / 021

皮诺吉奥把脚放在火盆上睡觉,第二天早晨醒来,两只脚全给烧掉了。

第七章 / 024

杰佩托回到家里。这个可怜的人把为自己准备的早餐给皮诺吉奥吃。

第八章 / 028

杰佩托给皮诺吉奥重新做了一双脚,卖掉自己的上衣,给木偶买了识字课本。

第九章 / 031

皮诺吉奥卖掉识字课本去看木偶戏。

第十章 / 034

木偶们认出了他们的兄弟皮诺吉奥,给他以隆重的欢迎。在紧要关头,来了木偶戏团老板吃火人。皮诺吉奥冒着九死一生的危险。

第十一章 / 038

吃火人大打喷嚏，饶了皮诺吉奥一命。然后皮诺吉奥又救出他的朋友花衣小丑，使他死里逃生。

第十二章 / 043

木偶戏团老板吃火人送给皮诺吉奥五个金币，叫他带给爸爸杰佩托。可皮诺吉奥上了狐狸和猫的当，跟它们走了。

第十三章 / 049

红虾旅店

第十四章 / 054

皮诺吉奥因为不听会说话的蟋蟀的忠告而碰上了杀人凶手。

第十五章 / 059

两个杀人凶手继续追赶皮诺吉奥。追上后，他们把他吊在一棵大橡树的枝头上。

第十六章 / 063

深蓝色头发的美丽小女孩收留了木偶，把他放到床上，请来三位医生会诊，看他是活是死。

3

第十七章 / 068

皮诺吉奥吃了糖，但不愿吃药。可看到掘墓人要把他抬走时，他才吃了药。后来他说了慌，鼻子长起来，受到惩罚。

第十八章 / 074

皮诺吉奥又遇上了狐狸和猫，跟它们一起到"奇迹福地"去种四个金币。

第十九章 / 080

皮诺吉奥的金币被盗。他受到惩罚，坐了四个月的牢。

第二十章 / 085

皮诺吉奥从牢房出来后，前往仙女家，但路上遇到一条可怕的蛇，接着又落到捕兽器里。

第二十一章 / 090

皮诺吉奥被一个农民捉住，农民强迫他当看门狗，看守鸡舍。

第二十二章 / 094

皮诺吉奥发现小偷。为了奖赏他的忠诚，农民将他释放。

第二十三章 / 099

皮诺吉奥为去世的深蓝色头发的美丽仙女痛哭。后来遇到一只将他送往海边的鸽子。他跳下大海去搭救爸爸杰佩托。

第二十四章 / 107

皮诺吉奥来到"勤劳蜜蜂国"，又找到了仙女。

第二十五章 / 114

皮诺吉奥答应仙女要学好，要好好念书，因为他已讨厌做木偶，愿做个好孩子。

第二十六章 / 118

皮诺吉奥跟他的同学到海边去看可怕的鲨鱼。

第二十七章 / 122

皮诺吉奥跟他的同学大打出手。一个同学受伤，皮诺吉奥被警察抓走。

第二十八章 / 130

皮诺吉奥冒着像鱼那样被煎的危险。

第二十九章 / 136

木偶回到仙女家。仙女答应他从第二天起，他就不再是木偶了，而要变成一个真正的孩子。为了庆贺这件大事，仙女要举行一个咖啡加牛奶的盛大午宴。

第三十章 / 145

皮诺吉奥没有变成一个孩子，而是跟他的朋友灯芯偷偷到"娱乐国"去了。

第三十一章 / 152

痛痛快快地玩了五个月后，一天，皮诺吉奥大吃一惊了。

第三十二章 / 161

皮诺吉奥长出两只驴耳朵，然后变成一头真的小驴子，开始像驴一样叫唤。

第三十三章 / 169

皮诺吉奥变成一头真驴，被牵去卖。马戏团的一位班主将他买去，教他学跳舞，学钻铁圈。有一天晚上，他跌坏了脚，另一个人又将他买去，要用他的皮来做鼓。

第三十四章 / 178

皮诺吉奥被推进海里后，给鱼吃掉，重新变成了木偶。可正当他奋力游着逃命时，被一条可怕的鲨鱼吞了下去。

第三十五章 / 186

皮诺吉奥在鲨鱼的肚子里重新找到……找到谁呢？诸位读读这一章便一清二楚。

第三十六章 / 192

皮诺吉奥终于不再是木偶，变成一个真正的孩子。

附录：快乐的故事

童年的回忆 / 208

一个懒惰小孩的自我辩护 / 214

小猴皮皮 / 223

胆小鬼一事无成 / 280

第一章

木匠樱桃师傅是如何找到一段木头的。这段木头既会哭，又会笑，像个孩子似的。

从前有……

"有一位国王！"我的小读者将会脱口而出。

"不对，孩子们，你们错了。从前有一段木头。"

这并不是一段上等木料，而是柴堆里那种普普通通的木头，是冬季扔进炉子和小壁炉里用来生火和取暖的。

我也不知道到底是怎么回事。但在一个风和日丽的日子，这段木头碰巧来到一位老木匠的铺子里。这位老木匠名叫"安东尼奥师傅"。然而，因为老木匠的鼻子尖儿红得发紫，又晶莹光亮，活像个熟透了的樱桃，大家管他叫"樱桃师傅"。

樱桃师傅一见这段木头，满心欢喜，高兴得直搓手，并低声嘟囔着：

"这段木头来得正是时候，我要用它做条小桌子腿。"

他说到做到，马上拿起一把利斧，就动手削皮，砍细。他正要砍下第一斧时，手举在空中却不动了，因为他听到一个很细的声音苦苦哀求说：

"可别用力打我呀！"

诸位可以想象得到，这位善良的樱桃师傅该惊奇成什么样子啦！

他用迷惑不解的眼睛向房间东张西望，要看看那细小的声音是从哪儿传出来的，可他没见到任何人！瞧瞧工作台下面，没有人；他打开一直关着的柜子看，没有人；他往一筐子刨花和锯末里面看，也没有人；他打开店铺的门朝街头望了一眼，还是没有人，那么……

"我明白了，"于是他抓抓假发，笑着说，"看来，这个声音是我臆造出来的，还是干我的活儿吧。"

他又拿起斧头，朝那段木头狠狠砍了下去。

"哎哟！你把我砍得好疼呀！"还是那个很细的声音抱怨着，并大声叫起来。

这次樱桃师傅真的呆若木鸡了，吓得眼珠子都鼓了出来，嘴巴张得大大的，舌头拖出来垂到下巴，活像喷泉池里的一尊怪物。

等他又能说话时，他筛糠似的浑身发抖，结结巴巴地说：

"这个很细很细的声音，到底是从哪里发出来的呢？然而，这里没有任何人，难道是这段木头学孩子的样子，偶然地哭哭、闹闹吗？这个我可不相信。这是一段木头，跟别的木头没有什么两样，是用来烧小壁炉，生火煮开一锅菜豆的啊，那么，难道木头里面藏着个人吗？谁藏在里面，活该他倒霉，现在我来教训教训他！"

他这么说着，就双手抓起这段可怜的木头，一点也不客气地朝墙上撞去。

然后他屏声凝神地倾听，看有什么轻声细气的抱怨声没有。听了两分钟，什么也没听到。听了五分钟，还是什么也没听到，十分钟，还是没有！

"我明白了，"他抓抓假发，勉强笑笑说，"看啦，那细小的声音是我想象出来的，还是干我的活儿吧。"

他怕得要死，于是开始哼着小曲儿给自己壮壮胆。

他放下斧子，拿起刨子要把木头刨平削光，但正当他上下刨着时，又听到那个很细的声音笑嘻嘻地说：

"请高抬贵手吧！我浑身被你搔得痒痒的！"

樱桃师傅这次活像触了雷电，一下子昏倒了。当他重新睁开眼睛时，发现自己坐在了地上。

他的脸好像变了形，甚至那一向是紫红的鼻尖儿，也吓得铁青了。

第二章

樱桃师傅把这段木头送给他的朋友杰
佩托。杰佩托要把木头做成一个神通
广大的木偶，会跳舞，会击剑，又会
翻跟头。

正在这个时候，有人敲门。

"进来。"木匠樱桃师傅说，他连站起来的力气都没有了。

这时一个活跃的小老头进入木匠铺子。他的名字叫"杰佩托"。可每当邻居的孩子们拿他寻开心，气得他火冒三丈时，都叫他的外号"玉米糊"，原因是他那黄色的发套酷似玉米糊。

杰佩托总爱发脾气，谁叫他"玉米糊"，就得倒霉！因为他马上就变得像野兽那样凶，谁也没法子制伏他。

"您好，安东尼奥师傅。"杰佩托说，"您干吗坐在地上？"

"我教蚂蚁学算术。"

"祝您成功。"

"杰佩托老兄，是哪阵风把你吹到我这里来了？"

"是两条腿嘛。您知道，安东尼奥师傅，我来您这里，是求您帮个忙的。"

"我时刻准备着为您效劳。"木匠回答说，用双膝支起身子站起来。

"今天早晨，我的脑子里忽然闪出一个念头。"

"说出来听听看。"

"我想给自己做个漂亮的木偶。一个神通广大的木偶，会跳舞，会击剑，又会翻跟头。我还要带着这个木偶周游世界，挣口饭吃，弄杯酒喝喝，您看怎么样？"

"好样儿的玉米糊！"还是那个细小的声音喊了起来，不知道是什么地方发出来的。

听到有人喊他"玉米糊"，杰佩托这老兄刷地满脸通红，跟一个特辣的红辣椒一样。于是，他向木匠转过身子，气呼呼地问：

"您干吗侮辱我？"

"谁侮辱您了？"

"您叫我'玉米糊'？"

"那不是我。"

"真有点儿怪，难道是我叫的？我说是您叫的。"

"我没叫！"

"是您叫的！"

"我没叫。"

"是您叫的。"

他俩越说越激动，从动嘴到动手，最后相互揪住假发，又抓又咬，打成一团。

打完架，安东尼奥师傅的手里攥着杰佩托的黄色发套，而杰佩托发

现自己的嘴里却叼着木匠的灰白色发套。

"请把我的假发还给我！"安东尼奥师傅说。

"请把假发也还给我，然后我们重归于好。"

两位小老头拿回各自的发套后，紧紧握手言和，发誓要一辈子做好朋友。

"那么，杰佩托老兄，"木匠说着，做个和解的动作，"您想让我效什么劳呢？"

"我想要段木头，做个木偶，您肯给我吗？"

安东尼奥师傅听后满心欢喜，马上拿起工作台上的那段吓得他半死不活的木头。可他正要把木头交给朋友时，那木头猛然一震，竟从他手上滑了出去，狠狠地打在可怜的杰佩托那干瘦的胫骨上。

"哎哟，安东尼奥师傅，难道您就是这样有礼貌地将它送给我的吗？您几乎把我打成瘸子了！"

"我发誓不是我干的！"

"那么，是我干的喽！"

"全怪这段木头……"

"我知道是木头，可您是把木头扔到我的小腿上的哟！"

"我没扔！"

"撒谎者！"

"杰佩托，您别得罪我，要不，我叫您'玉米糊'！……"

"蠢驴！"

"玉米糊！"

"蠢驴！"

"玉米糊！"

"丑猴！"

"玉米糊！"

杰佩托听到第三声"玉米糊"，忍不住"勃然大怒"，向木匠猛扑过来，两个人大干了一仗。

打完架后，安东尼奥师傅发现自己的鼻子上多了两道抓痕，另一位的上衣少了两颗纽扣，这样，两个人不分胜负，最后紧紧握手，发誓一辈子成为好朋友。

杰佩托拿起这段神奇的木头，谢过安东尼奥师傅，一瘸一拐地走回家去了。

第三章

杰佩托刚回到家里，马上动手做木偶，并给他起名"皮诺吉奥"。木偶起初搞的恶作剧。

杰佩托住在一间很小很小的房间里，靠楼梯口的亮光照明。家具简单得不能再简单了：一把破旧不堪的椅子，一张破破烂烂的床，一张东倒西歪的小桌子。里墙有个生着火的小壁炉，但火是画出来的。火旁边放着一口锅，也是画出来的，锅里的水欢快沸腾，雾气袅袅，看上去跟真的没什么两样。

杰佩托一回到家里，马上拿起工具，动手雕刻，制作木偶。

"我给他起个什么名字呢？"杰佩托自言自语，"我就叫他'皮诺吉奥'^①。这个名字会给他带来好运的。我认识一户人家全都叫皮诺吉：皮诺吉奥爸爸，皮诺吉雅妈妈，孩子也都叫皮诺吉。一家人过得不错，他们中最富的一个人靠乞讨过日子。"

---

① 皮诺其奥，意大利文"Pinocchio"的音译，中文为"松子"的意思。

　　杰佩托给木偶起完名，便动手对他精雕细刻起来，很快先给他做出了头发，然后又做额头和眼睛。

　　眼睛做好后，杰佩托发现木偶的眼睛竟滴溜溜地动起来，并一眨也不眨地盯着他看，诸位想象一下杰佩托该有多么惊讶吧。

　　杰佩托觉得自己被两只木眼睛紧紧盯着，心里很不舒服，就用愤怒的口气问：

　　"贼木头眼睛，干吗老是盯着我？"

　　没有回答。

　　做完眼睛，又做鼻子。可鼻子刚做完，它就开始长起来，长呀，长呀，几分钟工夫，就变成一个很长很长的鼻子，还一直没完没了地长下去。

　　可怜的杰佩托一刻不停地切割鼻子，可越是截短，这无法无天的鼻子就变得越来越长！

　　做完鼻子，又给木偶做嘴巴。

　　嘴巴还没做完，它就马上开始哧哧地笑起来，并跟杰佩托闹着玩。

　　"别笑！"杰佩托生气地说，可他的话等于对牛弹琴，说了也没用。

　　"我再说一遍，别笑了！"杰佩托用威胁的口气吼叫着。

　　嘴巴不笑了，可整条舌头拖了出来。

　　杰佩托为了不误活计，装作什么也没看见的样子，继续干起自己的活来。

　　做完嘴巴，又做下巴、脖子、肩膀、肚子、胳膊和手。

做完手，杰佩托觉着自己的发套被人摘走了。他抬头一看，看见什么啦？看到他的黄色发套拿在木偶的手里。

"皮诺吉奥！……马上把假发还给我！"

皮诺吉奥不但没有把发套还给他，还把发套戴在自己的头上，几乎闷得半死不活。

木偶无理取闹和拿人开心，使杰佩托觉得有生以来还从没有这么伤心难受过，于是转过身子对木偶说：

"你这个捣蛋鬼儿子！我还没有做完你，你就已经不尊重父亲了！这样不好，我的孩子，不好！"

杰佩托擦干眼泪。

接下来该做腿做脚了。

杰佩托刚刚做完脚，鼻子尖儿就感到挨了一脚。

"我这是活该！"他自言自语，"我早该想到这一点！现在已经晚了！"

杰佩托用胳膊肘夹起木偶，把他①放在地板上，要教他学走路。

皮诺吉奥的腿僵硬，不会走动。杰佩托拉着他的手教他一步一步往前迈。

等到腿能够活动，皮诺吉奥便开始自己走路了，并在屋子里跑起来，最后穿过家门，跳到街上，拔腿跑掉了。

可怜的杰佩托在后面跑，可怎么也追不上，因为捣蛋鬼皮诺吉奥像野兔一样跳跃奔跑。他那双木脚板在铺石路面上噼里啪啦地响，活像二十双农民的木屐在走路一样。

"捉住他！捉住他！"杰佩托吼叫着。街上的人看到木偶像匹柏柏尔

---

① 这时，木偶已经完全拥有了生命，所以人称改为"他"。

骏马①狂奔乱跑，便停下来入迷地看着他，笑呀，笑呀，笑得简直无法
形容。

最后幸亏遇到一名警察。这位警察听到附近的喧闹声，以为是一匹
马驹从主人的手中挣脱出来，于是大胆地在大街中间叉开两条腿，决心
拦住马的去路，免得发生更大的灾难。

皮诺吉奥远远地看到警察拦住了整条大街，就想从他两腿中间出其
不意地钻过去，但没有成功。

警察没有挪动一步，便干净利索地抓住他的鼻子（这个鼻子特别长，
好像是专门做出来给警察抓的），将他交到杰佩托的手里。杰佩托为了
教训教训他，真想马上狠狠拉一下他的耳朵。可找来找去，竟没有找到
他的耳朵。诸位可以想象得到，杰佩托是多么惊奇啊！诸位知道这是为
什么吗？这是因为杰佩托只顾一个劲儿地刻来刻去，居然忘掉给他做耳
朵了！

杰佩托一把抓住木偶的脖子，将他拖在身后走路，摇头晃脑地吓唬
他说：

"我们赶快回家去。到了家，我一定跟你算账！"

皮诺吉奥一听说要跟他算账，索性一屁股坐到地上，不想再走了。
于是，那些非常好事的人和游手好闲的人纷纷停下走过来，围成一大圈
来看热闹。

大家七嘴八舌地议论开来。

"可怜的木偶！"一些人说，"他不想回家是有道理的！天晓得杰佩
托这个魔鬼会怎样揍他呢！"

---

① 产于北非柏柏尔地区的一种赛马。

还有些人不怀好意地附和说：

"那位杰佩托看上去像个正人君子，但对孩子活像个暴君！要是可怜的木偶落到他手里，他能不费吹灰之力把木偶打个稀巴烂！"

总之，经他们这么说东道西一番，警察放走了皮诺吉奥，把可怜的杰佩托投进了监狱。杰佩托一时无法找出话替自己辩解，哭得活像一头小公牛。他一面朝监狱走去，一面结结巴巴地哭着说：

"可恶的儿子啊！可以想想，我费了多大的劲才做了这么个好的木偶啊！这都是我自作自受！我怎么事先没有想到这一点啊！"

这以后发生的事情，简直令人无法相信，我将在下面的各章里一五一十地讲给诸位听。

第四章

皮诺吉奥和会说话的蟋蟀的故事。从
这个故事可以看到，坏孩子是如何讨
厌比他们懂得多的人来劝告自己的。

好吧，孩子们，我现在告诉你们。当可怜的杰佩托被无辜地送进监狱时，捣蛋鬼却逃脱了警察的手，拔腿就跑，越过田野，以便很快地回到家里。他慌里慌张地跑呀跑呀，跳过高高的土堆，翻过荆棘丛，跨过满水的沟渠，简直像被猎人追赶的小山羊或小野兔。

他跑到家门前，看见朝街的大门半掩着，便推门进去，刚放下门闩，就一屁股坐到地上，怀着内心的喜悦，舒了长长的一口气。

然而，他那种得意只有片刻的工夫，因为他听到屋子里有声音叫：

"喔喔——喔喔——喔喔！"

"谁在叫我呀？"吓破胆的皮诺吉奥问。

"是我！"

皮诺吉奥转过身子，看见一只肥大的蟋蟀正慢慢腾腾地往墙上爬。

"告诉我，蟋蟀，你是谁？"

"我是会说话的蟋蟀，住在这屋子里已有一百多年了。"

"可这屋子今天是我的，"木偶说，"如果你真想让我高兴高兴，请你头也别回，马上走开吧。"

"在我还没有对你说出一个伟大真理的时候，"蟋蟀回答说，"我是不能离开这里的。"

"那就告诉我，快点儿。"

"不听父母话，任意离家出走的孩子是要吃苦头的。在这个世界上，他们永远不会有好结果，迟早会后悔莫及的。"

"我的蟋蟀，你唱吧，像你喜欢的那样，痛痛快快地唱吧。要知道，明早天一亮，我就要离开这里，因为要是我留下来，发生在别的孩子身上的事情也会落在我的头上，也就是说，把我送到学校去。不管愿意不愿意，都得去念书。我对你说实话，我对学习一点儿兴趣都没有，我更喜欢以欢蹦乱跳地捉蝴蝶、爬树掏窝子里的小鸟来取乐。"

"真是可悲的小傻子！这样，你长大后就要变成一头大蠢驴，所有的人都拿你开心，这你不知道吗？"

"住嘴，你这个光讲不吉利话的坏蟋蟀！"皮诺吉奥吼叫起来。

可蟋蟀很有耐心，又颇有哲学家的风度，对皮诺吉奥的粗暴无礼不但不生气，反而用它那惯常的语气说：

"要是不想上学，你为什么不学一种手艺，以便正正经经地挣面包过活呢？"

"你要我告诉你吗？"皮诺吉奥回答说，开始显得不耐烦了，"在世界的所有手艺中，我真正喜欢的只有一种。"

"是什么呢？"

"就是吃吃喝喝睡大觉，尽情地玩呀乐呀，从早晨游逛到晚上。"

"告诉你，"会说话的蟋蟀还是以它那平静的口吻说，"凡是干这种事的人，到头来几乎不是进医院，就是进牢房。"

"当心点，你这个光会说不吉利话的坏蟋蟀！你把我惹急了，倒霉的是你！"

"可怜的皮诺吉奥，你真叫我可怜你！"

"我为什么叫你可怜？"

"因为你是个木偶，更糟糕的是你长着个木头脑袋。"

听到最后这句话，皮诺吉奥火冒三丈，顺手抄起工作台上的一把木锤子，朝会说话的蟋蟀狠狠地砸去。

也许他根本不相信会打中它，可不幸的是正好打中了它的头，致使可怜的蟋蟀刚刚叫出"喔喔——喔喔——喔喔"的声音，就被打死了，紧紧粘在墙上。

第五章

皮诺吉奥饿极了，找个鸡蛋想煎着吃，可在紧要关头，煎蛋竟从窗口飞了出去。

这时候天开始黑了。皮诺吉奥想起自己还没吃什么东西时，觉得肚子咕咕响，真想饱餐一顿。

孩子们一想到吃，食欲马上就来了。事实上，只有短短几分钟的工夫，食欲就变成了饥饿，转眼之间，饥饿又变成一只饿狼，饿得肚子像刀割似的难受。

可怜的皮诺吉奥马上跑到炉灶前，灶上的锅子热气腾腾。他要打开锅盖，看看里面煮着什么东西，然而锅子是画在墙上的，诸位可以想象得到，他失望成什么样子了，他那本来已经很长的鼻子至少又多了四指。

于是，他满屋子乱跑一气，翻遍了所有的抽屉，壁柜，想找到一点儿面包，即使是一点干面包，面包皮，一块狗啃过的骨头，发霉的少许玉米糊，一根鱼刺，一个樱桃核，总而言之，凡是能咀嚼

的东西都行。可他什么也没找到，一星半点儿的东西也没找到，一无所获。

可是皮诺吉奥越来越饿，越来越饿。可怜的皮诺吉奥除了打哈欠，再没有别的什么可聊以自慰了。他的哈欠打得那样长，有几次嘴巴都扯到耳朵旁。打完哈欠，他就吐口水，觉着胃都不是他的了。

最后他实在绝望了，哭诉着说：

"会说话的蟋蟀说得对。我跟爸爸作对，逃出家门是错误的……要是爸爸在这里，现在我就不会死去活来地打哈欠了！哎哟！饥饿是一种多么讨厌的病啊！"

他突然看到垃圾堆里有一种又圆又白的东西，好像是一个鸡蛋。他一跃而起，只跳了一跳，就扑到它跟前，啊，还真是个鸡蛋！

可以想象得到，木偶那高兴的样子是无法形容的。他以为是在做梦，于是把鸡蛋捧在手上转来转去，又抚摸又亲吻，边吻边说：

"现在，我该怎么吃这个鸡蛋呢？煎着吃行不行？……不行，最好放在盘子里蒸着吃！啊！在大平底锅里煎着吃不是更有味道吗？啊！是不是可以生着喝下去呢？不行！最简便的办法还是在盘子里蒸着吃，或者在小平底锅里做着吃，因为我太想吃了！"

说到做到。他把小平底锅放在装满烧炭的火盆上，既不放素油，也不放黄油，而是倒上一点儿水。水刚刚冒气，吧嗒一声……他打破蛋壳，准备把蛋倒进去。

可蛋壳里出来的不是蛋清和蛋黄，而是跑出一只快活和有礼貌的小公鸡。这只小公鸡姿态优雅，毕恭毕敬地说：

"皮诺吉奥先生，太感谢您了。您让我省了力气，不用自己来啄破蛋壳了！再见，祝您好运，并向您的家人致以热情的问候！"

　　小公鸡说着展开翅膀，从敞开的窗户飞出去，从视线里消失得无影无踪。

　　可怜的木偶站在那里发愣，两眼痴呆，嘴巴张开，手里拿着蛋壳。等到从惊愕中清醒过来，他哇的一声放声大哭起来，并尖声叫喊，绝望

得直跺脚，边哭边说：

"还是会说话的蟋蟀说得对！要是我不从家里逃出来，现在我爸爸在这里，我就不会饿得要死了！哎哟！饥饿是一种多么讨人嫌的病啊……"

他的肚子饿得从没有这样咕咕响过，他不知道怎么才能叫它不响。他想离开屋子，到附近的村子去看看，盼着遇到一个好心人，能施舍点面包给他吃。

第六章

皮诺吉奥把脚放在火盆上睡觉，第二天早晨醒来，两只脚全给烧掉了。

这正是一个可怕的隆冬之夜。雷声震天动地，电光闪烁，整个天空好像着了火似的。冰凉、猛烈的寒风咆哮着，卷起混浊的滚滚沙尘，把田野的树木刮得东倒西歪，发出"嘎吱嘎吱"的声响。

皮诺吉奥很怕雷鸣电闪，然而饥饿最可怕。因此，他半掩上家门，向外飞跑起来，只一百多跳，就来到一个村子，舌尖伸出老长，气喘吁吁，活像一只猎犬。

村子里漆黑一团、渺无人烟。店铺紧闭，家家封门闭户，街上连条狗都没有，仿佛整个村庄都死了。

皮诺吉奥伤心绝望，肚子饿得咕咕叫，就去摁一家的门铃。门铃丁零零地响个不停，他心里想：

"总会有人出来看看的。"

果然，一个小老头从窗口往下看。他戴着睡帽，勃然大怒地问道：

"这个时辰您要干吗？"

"劳驾，您给我点儿面包行吗？"

"您在那里等着我，我马上就回来。"小老头回答说。他以为又要跟一个淘气的孩子打交道了。这些孩子们往往深更半夜摁别家的门铃取乐，打扰正在安安稳稳睡觉的老实人。

半分钟以后，窗户又开了，还是那位小老头对皮诺吉奥高声大喊：

"在下面等着，伸出帽子。"

皮诺吉奥很快摘下他的小帽子。当他正要伸出帽子的时候，一大盆水向他身上直泼下来，从头浇到脚。

皮诺吉奥像只落汤鸡似的回到家里，又累又饿，到了筋疲力尽的地步。他连站着的力气也没有了，于是坐下来，把两只湿淋淋、溅满污泥的脚放在烧炭的火盆上烤干。

他睡着了。在睡着的时候，木头脚被火烧着了，慢慢地烧成了炭，变成了灰。

皮诺吉奥继续睡大觉，并打着呼噜，那双脚好像是别人的。直到天亮时有人敲门，他才终于一下子醒来。

"谁呀？"他边打着呵欠，边擦着眼睛问。

"是我。"一个声音回答说。

这是杰佩托的声音。

第七章

杰佩托回到家里。这个可怜的人把为
自己准备的早餐给皮诺吉奥吃。

可怜的皮诺吉奥一直睡眼蒙眬，并没有看到自己的脚全被烧掉了，
因此他一听到父亲的声音，就霍地从小椅子上跳起来，跑去拉门闩，但
身子摇晃了两三次，一下子直挺挺地四脚朝天摔倒在地板上。

他倒在地板上的声音，就像装满长勺的大麻袋从六层楼上掉下来似
的声响。

"给我开门！"杰佩托从外面的路上叫喊。

"我的爸爸，我开不了门。"木偶回答说，又是哭，又是在地上打滚。

"为什么开不了门？"

"因为我的脚给吃掉了。"

"是谁吃掉了你的脚？"

"猫。"皮诺吉奥回答说，因为这时候他看见一只猫正用两只前爪玩
一些刨花。

"我说，快给我开门！"杰佩托又说一遍，"要不，我进了屋子给你一只猫[1]！"

"请您相信我吧，我站不起来。我真可怜啊！我真可怜啊！我一辈子非得用膝盖跑着走路啊！"

杰佩托以为木偶的哭闹又是在搞恶作剧，想到恶作剧该收场了，于是爬墙从窗口进入屋内。

杰佩托起先本想说点什么，做点什么，可一看见皮诺吉奥躺在地上，脚真的没有了，心马上就软了下来，立刻搂着他的脖子亲吻起来，抚摸他成千次，亲吻他成千回，泪水滴答滴答地顺着面颊流淌下来，并哭着问：

"我的皮诺吉奥啊！你的脚怎么烧掉了？"

"爸爸，我也不知道是怎么回事。请你相信，那是个黑咕隆咚的可怕之夜。我一辈子都忘不了。雷鸣电闪，我肚子饿得要命，当时会说话

---

[1] 意思是说"进了屋子狠揍一顿"。

的蟋蟀告诉我说：'你这是活该。你是个坏蛋，自作自受！'我对它说：'小心点，蟋蟀！……'它对我说：'你是个木偶，有个木头脑袋！'我一锤柄扔过去，它就死了。但这都怪它自己，因为我并不想打死它。我不杀生，事实可证明这一点。我把小平底锅放在燃着炭火的火盆上，可鸡蛋里跑出来一只小公鸡。它说：'再见……代我向您一家问好！'我越来越饿，那个戴睡帽的小老头把头伸出窗口对我说：'在下面站好，伸出帽子来！'结果我的头上被浇了一桶水。于是，我马上回到家里。我肚子饿得要命，把脚放在火盆上烤干。您回来了，我的脚给烧掉了，可我照样饿得难受。我再没有脚了！哟！……哟！……哟！……哟！"

可怜的皮诺吉奥又哭又嚷，那哭闹声连五公里外的地方都能听到。

从皮诺吉奥纠缠不休的哭诉中，杰佩托只明白了一件事：木偶快要饿死了，于是他从口袋里掏出三个梨，递给木偶说：

"这三个梨是我当早餐的，我想送给你吃。吃吧，吃完就好了。"

"要是您叫我吃，劳驾，请把梨皮削掉。"

"削皮？"杰佩托惊奇地又问，"我的孩子，我真不相信你的嘴这样苛求，吃东西这样挑肥拣瘦，这可不好！在这个世界上，从小就要养成不挑食的习惯，要什么都能吃得下，因为天晓得会遇到什么事情。什么情况都可能发生！"

"您说得不错。"皮诺吉奥补充说，"但我从不吃带皮的水果，水果皮我受不了。"

心地善良的杰佩托拿出小刀，用天使般的耐心削去三个梨的皮，把皮放在桌子角上。

皮诺吉奥只两口就吃掉一个梨。他正要把梨核扔掉时，杰佩托抓住他的手说：

"别扔，在这个世界上，一切东西都是有用的。"

"我真的不想吃下梨核！"木偶像蝰蛇一样扭来扭去地吼叫。

"天晓得！什么情况都可能发生！……"杰佩托又说了一遍，并没有发火。

事实上，三个梨核并没有扔出窗外，而是跟梨皮一起放在桌子的角上。

吃了，或者更确切地说是吞下三个梨后，皮诺吉奥打了三个长长的呵欠，哭哭啼啼地说：

"我又饿了！"

"可是，我的孩子，我再也没有给你吃的东西了。"

"没有了？真的没有了？"

"就剩这些梨皮和梨核了。"

"那也好！"皮诺吉奥说，"没有别的，那我就吃梨皮吧。"

他开始嚼起梨皮来。起先扭着嘴嚼，接着是一块一块地嚼，转眼间，他吃光了所有的梨皮。吃完梨皮，又吃梨核，等到全一扫而光后，他兴高采烈地拍拍肚子，心满意足地说：

"现在我感到好极了！"

"现在看起来，"杰佩托说话了，"还是我说得对。我曾对你说过，不要养成坏习惯，不要吹毛求疵，吃得不要太精细。我亲爱的，天晓得在这个世界上会遇到什么事情。什么情况都可能发生！"

第八章

杰佩托给皮诺吉奥重新做了一双
脚，卖掉自己的上衣，给木偶买了
识字课本。

木偶肚子一不饿，就又哭又闹起来，说要一双新脚。

杰佩托为了惩罚他的顽皮，就索性让他哭个够，让他绝望大半天，最后对他说："我为什么要给你再做一双新脚呢？难道是为了眼睁睁地让你再从家溜掉吗？"

"我向您保证，"木偶哭泣着说，"从今以后，我一定学好……"

"所有的孩子想得到什么东西时，"杰佩托回答说，"他们都是这样说的。"

"我向您保证，我要到学校去念书，为自己争个光……"

"所有的孩子想到什么东西时，他们总是老生常谈。"

"我跟别人的孩子不一样！我比别人都好，我总是说真话。爸爸，我向您保证，我将要学会一门手艺，您老了，我就是您的安慰和依靠。"

尽管杰佩托露出一副凶相，可看到可怜的皮诺吉奥那种狼狈的样子，眼里便噙满了泪水，强烈的爱心油然而生。他什么也没说，就拿起工具和两块干木头，一心一意地干起活来。

不到一个钟头，两只脚已经做好。这是一双轻快、干燥、强劲有力的脚，不愧为一个天才艺术家的杰作。

于是，杰佩托对木偶说：

"闭上眼睛睡觉吧！"

皮诺吉奥闭上眼睛，假装睡着了。在皮诺吉奥装着睡觉的时候，杰佩托用溶化在鸡蛋壳里的一点胶水把两只木脚粘在脚的位置上。粘得天衣无缝，根本看不出粘过的痕迹。

木偶一看见自己有了脚，就一骨碌从直挺挺躺着的桌子上爬起来，跳到地上，开始马不停蹄地乱蹦乱跳，一个接一个地翻跟头，简直高兴得发了疯。

"为了报答您给我做出的一切，"皮诺吉奥对爸爸说，"我要赶快上学去。"

"真是个好孩子。"

"可要到学校去，总得穿点衣服呀。"

杰佩托很穷，身无分文，于是用花纸给他做一件衣服，用树皮做了一双鞋，用面包心做一顶小帽子。

皮诺吉奥马上跑到盛满水的脸盆里去照自己，对自己的模样欣喜若狂，神气十足地说：

"我活像一名绅士！"

"真的，"杰佩托回答说，"你要牢牢记住：使人成为绅士的不是漂亮的衣服，而是特别干净的衣服。"

"对啦，"木偶补充说，"我上学总觉得缺少点什么，而且是最重要、

最好的东西。"

"什么东西？"

"识字课本。"

"你说得对，可怎么弄到它呢？"

"容易得很，到书商那里买一本就是了。"

"钱呢？"

"我没有钱"。

"我也没钱。"善良的老人接着说，表情显得很忧愁。

皮诺吉奥虽然是个极其快活的孩子，可这时也露出痛苦的神情，因为境遇果真悲惨时，人人都会心照不宣的，连孩子也不例外。

"别着急！"杰佩托突然叫了一声，站起来，穿上补丁摞补丁、用粗制斜纹布缝补起来的旧衣服，跑着出了家门。

过一会儿，他就回来了。这时，他手里拿着一本给儿子买来的识字课本，可外衣不见了。这个可怜的人只穿着衬衣，外面下着大雪。

"爸爸，衣服呢？"

"我卖了。"

"您为什么卖了？"

"因为我热。"

皮诺吉奥一下子就明白了爸爸回答这句话是什么意思，他按捺不住被一颗善良的心感动的心情，扑上去搂住杰佩托的脖子，在他的整个脸上狂吻。

第九章

皮诺吉奥卖掉识字课本去看木偶戏。

雪停了，皮诺吉奥夹着漂亮而崭新的识字课本去上学。途中，他那小小的脑瓜里闪现出成百上千个幻想，千儿上百座空中楼阁，想得一个比一个美。

他自言自语个不停：

"今天到学校去，我要很快学会念书，明天学会写字，后天学会数学。然后，用我的本领去挣很多很多钱。拿到第一笔钱，我要马上给爸爸做一件漂亮的粗布上衣。我干吗要说做粗布的呢？我要为他做件用金线和银线织成的，扣子是钻石的外衣。那个可怜的人真的应该穿这样的衣服。一句话，他为了给我买书，为了供我上学，如今他只穿件衬衣……天气多冷啊！只有做爸爸的才肯做出这样的牺牲！"

正当他激动万分说这些话时，听到从远处传来吹笛子声和敲锣打鼓声"咿呀，咿呀，咿呀……咚咚咚，咚咚咚，咚咚咚"。

不大一会儿，他来到一座广场中央，这里人山人海，一座大木棚被围得水泄不通，木棚是用五颜六色的帆布支撑起来的。

"这大棚是干什么用的？"皮诺吉奥转身向村子里的一个孩子打听。

"你念一念海报，那上面写得清清楚楚，你一念就全明白了。"

"我很想念，可我今天正好不会念。"

"好一个笨蛋！好吧，我念给你听，要知道，海报上那几个像火一样鲜红的大字的意思是：木偶大戏台。"

"戏演多长时间了？"

"刚刚开始。"

"门票多少钱？"

"四个索尔多①。"

皮诺吉奥好奇得要命，无法控制自己，就毫不害臊地跟他说话的孩子说：

"您能借给我四个索尔多吗？我明天还你。"

"我很愿意借给你，"那孩子跟他打趣说，"可我正好今天不能借。"

"四个索尔多，我把上衣卖给你。"木偶说。

"花纸做成的上衣对我有什么用？天一下雨，我再也脱不掉了。"

"你要买我的鞋吗？"

"用来点火倒不错。"

"帽子你能给我多少钱？"

"买来真是有用！面包心做的一顶帽子！到时候，耗子要爬到我头上啃吃帽子了！"

---

① 意大利旧货币名，一个索尔多为一枚硬铜币，第二次世界大战初期就不再流通。

皮诺吉奥坐立不安。他正要把最后一张王牌打出来，又没有勇气说出来，犹豫不定，下不了决心，特别苦恼，可最后还是说了：

"你能用四个索尔多买下我这新的识字课本吗？"

"我是个孩子，不从别的孩子那里买任何东西。"小小的对话者回答说，显然比皮诺吉奥有头脑得多。

"识字课本四个索尔多我买。"一个卖旧衣服的人大声说，因为他俩说话时他正在旁边。

识字课本当场卖掉了。想想可怜的杰佩托吧。这时候他在家里穿着衬衣，冻得直打哆嗦，因为给儿子买了一本识字课本！"

第十章

木偶们认出了他们的兄弟皮诺吉奥，
给他以隆重的欢迎。在紧要关头，来
了木偶戏团老板吃火人。皮诺吉奥冒
着九死一生的危险。

　　皮诺吉奥一进到木偶小戏院，立刻掀起了一场轩然大波。

　　要知道，戏幕已经拉开，演出已经开始。

　　戏台上，木偶花衣小丑和长鼻驼背小丑争吵不休。接着那老一套，他俩总是相互威胁一番，说什么要打对方的耳光，用棍棒狠揍对方。

　　台下的观众全神贯注地听着两个木偶的争吵，忍不住笑得前仰后合，笑得肚子发疼，很不舒服。两个木偶做着手势，相互谩骂，神气活现，活像两个理智的动物、这个世界上有血有肉的两个真人。

　　突然间，花衣小丑一下子停止了表演，向观众转过身子，用手指着观众席上后排座位的一个人，用戏剧的腔调大喊大叫起来：

　　"天上的诸神啊！我是在做梦或是在醒着呢？然而，那下面坐着的毕竟是皮诺吉奥啊！"

"真的是皮诺吉奥。"长鼻驼背小丑也喊道。

"就是他。"罗萨伍拉夫人从幕后伸出头来尖声大叫。

"是皮诺吉奥！是皮诺吉奥！"所有的木偶从幕后跳到前台齐声大喊，"是皮诺吉奥！是我们的兄弟皮诺吉奥！皮诺吉奥万岁！

"皮诺吉奥，快上来，到我这儿来，"花衣小丑叫道，"上来，投入你的木头兄弟的怀抱里吧！"

听到这热情洋溢的邀请，皮诺吉奥一跃，从后排座位上跳到贵宾席上，再一跃，从贵宾席上跳到乐队指挥的头顶上，从那里又跃到戏台上。

皮诺吉奥受到素食木偶戏团男女演员歇斯底里的欢迎，大家跟他亲吻、拥抱，搂他的脖子，友好地抚摸他，像真诚的亲兄弟那样跟他碰脑袋。

这个场面是无法想象的。这个场面是感人至深的，是无法用语言表达出来的。可台下的观众看到节目演不下去了，就变得不耐烦了，大喊大叫起来：

"我们要看戏，我们要看戏！"

观众真是白费口舌，因为木偶不但不把戏演下去，还加倍地喧闹和叫喊。他们干脆把皮诺吉奥放到肩膀上，像欢迎凯旋英雄一样把他抬到戏台的脚灯前面。

这时候，一个奇丑无比的彪形大汉走了出来，他就是木偶戏团老板。他叫人一看就害怕：蓄着黑色浓密大胡子，就像泼开的一摊墨汁，老长老长的，从下巴一直拖到地上。只要说一点就够了：他走路时，脚都要踩着大胡子。他的嘴巴宽得活像个炉口，眼睛好像两盏红玻璃灯笼，里面闪着亮光。他手里的粗大鞭子抽得噼啪作响，鞭子是用蛇皮和狐狸尾巴拧起来的。

　　老板的出现是意想不到的，大家都吓得目瞪口呆，连气都不敢喘一声，连苍蝇飞过的声音都能听得见。这些可怜的木偶，不论是男的，还是女的，个个抖动得像是晃动的树叶子。

　　"你干吗来我的戏院捣乱？"老板质问皮诺吉奥，那低沉的声音像是患重感冒的妖怪从粗大嗓门里挤出来的。

　　"最尊敬的先生，请您相信我，这不怪我！"

　　"够了，够了！今晚我们算账。"

　　事实上，戏演完后，老板就走进了厨房。他在厨房里准备烤一只肥大的公绵羊做晚餐，绵羊放在烤肉铁叉上缓慢地转动着。要烤熟烤焦绵羊，木头不够用了，于是他叫来花衣小丑和长鼻驼背小丑，吩咐他俩说：

"你们把那个木偶钉起来，然后送到我这里。据我看，这木偶是用很干的木头做成的，因此，把他扔到火里，一定火焰熊熊，把羊烤得又焦又嫩。"

两个小丑起先还拿不定主意，可老板那咄咄逼人的目光吓得他俩只好服从。过了片刻功夫，他俩回到厨房，用胳膊架来了可怜的皮诺吉奥。皮诺吉奥活像一条出水的鳗鱼要挣脱出去，绝望得大喊大叫：

"我的爸爸，快救救我！我不要死，我不要死！

第十一章

吃火人大打喷嚏，饶了皮诺吉奥一命。然后皮诺吉奥又救出他的朋友花衣小丑，使他死里逃生。

　　木偶戏团的老板吃火人（这是他的名字）看上去是个可怕的人，这是没话说的。尤其是他那把黑油油的大胡子格外醒目，像围裙似的盖住他的整个胸膛和两条腿，可从骨子里讲他并不是个坏人，这可从下面的表现看得出来。他一看到那可怜的皮诺吉奥被带到自己跟前，拼命挣扎，并连声大喊："我不要死！我不要死！"马上深受感动，怜悯之心油然而生。他忍了好大一会儿，可忍不住，终于打了个震耳欲聋的喷嚏。

　　花衣小丑本来伤心得像垂杨柳那样弯着身子，可一听到那喷嚏声，顿时喜笑颜开，向皮诺吉奥俯下身子，贴着耳朵低声说：

　　"兄弟，好消息。老板一打喷嚏，这说明他已深受感动，可怜起你来了，你已经有救了。"

　　要知道，所有的人要表示同情某个人时，他们要么哭，要么起码假装擦擦眼泪。可吃火人与众不同，他一旦受了感动，打喷嚏就是他的习惯。跟其他人一样，这是让别人了解他内心情感的一种方式。

打完喷嚏，依然还凶的老板接着向皮诺吉奥吼叫道：

"别哭了！你哭闹个不停，搅得我的肚子剧烈翻腾……疼痛难忍，几乎，几乎……啊嚏！啊嚏！"又接连打了两个喷嚏。

"祝您幸福。"皮诺吉奥说。

"谢谢。你爸爸妈妈还健在吗？"吃火人问。

"爸爸还健在，妈妈我从不认识。"

"要是我把你扔到炽热的炭火里去，天晓得你老爸该多伤心啊！可怜的老人，我真同情他！啊嚏，啊嚏，啊嚏！"又打了三个喷嚏。

"祝您幸福！"皮诺吉奥说。

"谢谢！不过，也得为我着想着想。你看得很清楚，我再没有木柴烤熟羊肉了。实话对你说，在这种情况下，你对我太有用处了！可现在你让我深深感动，还需要耐心。我不烧你了，但仍要在戏团里找另一个木偶，把他放在铁叉子下面去烧。喂，卫兵！"

听到吩咐，马上来了两个木头卫兵。他俩个子高高的，干瘦干瘦的，头戴卫兵帽，手握出鞘的军刀。

于是，老板气喘吁吁地对他俩说：

"把那个花衣小丑捆得紧紧的，送到我这里来，放到火里烧掉，把我的羊肉烤得喷香喷香的！"

请诸位想一想可怜的花衣小丑是个什么样子吧！他吓得魂不附体，两腿瘫软，一下子栽个嘴啃泥。

皮诺吉奥目睹这凄惨的场面，"扑通"一声跪倒在木偶老板的脚下，放声大哭起来，泪水浸湿了他那长长的大胡子，苦苦哀求说：

"吃火人先生，可怜可怜他吧！"

"这里没有先生！"老板生硬地回答。

"骑士先生，可怜可怜他吧！"

"这里没有骑士！"

"爵士先生，可怜可怜他吧！"

"这里没有爵士！"

"大人阁下，可怜可怜他吧！"

老板一听到叫他"大人阁下"，宽大的嘴巴变小变圆了，他本人一下子也变得更慈祥、更和蔼可亲了，于是问皮诺吉奥：

"好吧，你求我干什么？"

"我求你对可怜的花衣小丑开开恩！"

"这个恩开不得。要是我饶你一命，就得把他放在火上烧，因为我要烤好这只羊。"

"这么说，"皮诺吉奥站了起来，扔掉面包心帽子，自豪地喊道，"这么说，我知道我该做什么了。卫兵先生，来吧，把我捆起来，扔到火里去。不，可怜的花衣小丑——我真正的朋友为我去死是不公平的！"

这些话说得声音很大，慷慨激昂，语气豪迈，使所有目睹这一场面的木偶都哭起来。两个卫兵，虽然是木头做的，也哭得像两只吃奶的羊羔。

吃火人开头固执己见，无动于衷，冷得像冰块一样，可慢慢地、慢慢地受了感动，又打起了喷嚏。打完四五个喷嚏后，他热情地张开双臂，对皮诺吉奥说：

"你是个非常好的孩子！过来，吻我一口。"

皮诺吉奥跑过去，活像一只松鼠顺着老板的大胡子向上爬，爬呀爬呀，在他的鼻子尖上给了最温柔的一吻。

"这么说，您开恩了？"可怜巴巴的花衣小丑问，声音细得刚刚能听得到。

"开恩了！"吃火人回答说。接着又叹了口气，摇头晃脑说：

"没办法！今晚我只好吃半生不熟的羊肉了。可下一次碰上谁，谁就倒霉！"

听说给花衣小丑开了恩，木偶们都争先恐后地跑上戏台，像开盛大的晚会那样，点上汽灯，开亮吊灯，又跳又舞。天亮了，他们还手舞足蹈呢。

第十二章

木偶戏团老板吃火人送给皮诺吉奥五个金币，叫他带给爸爸杰佩托。可皮诺吉奥上了狐狸和猫的当，跟它们走了。

第二天，吃火人把皮诺吉奥叫到一旁问他：

"你父亲叫什么名字？"

"叫杰佩托。"

"什么职业？"

"穷人。"

"挣钱多吗？"

"他总是很穷，口袋里分文没有。请想一下，为了给我买识字课本，他不得不卖掉身上的唯一上衣。这件衣服补丁摞补丁，缝了一次又一次，没一处好地方。"

"可怜的人啊！真叫我同情。喏，我这里有五个金币，你赶快带回去给他，并代我向他问好。"

皮诺吉奥对老板千感恩万道谢，这是不难想象的。他一个又一个地

拥抱戏团的木偶，也拥抱两个卫兵，然后满心欢喜地往家里跑去。

还没有走上半公里路，他遇上一只一条瘸腿狐狸和一只双眼瞎猫。途中它俩相互帮忙，如同患难的好朋友。瘸狐狸靠着猫身走路，而瞎猫靠狐狸来领路。

"早上好，皮诺吉奥。"狐狸毕恭毕敬地向他问好。

"你是怎样知道我名字的？"木偶问。

"我跟你爸爸很熟悉。"

"你在哪儿见到他的？"

"昨天在你家门口见到他的。"

"他干吗？"

"他只穿着衬衣，冻得浑身打哆嗦。"

"可怜的爸爸！愿上帝保佑他，从今以后他不再挨冻了！"

"为什么？"

"因为我成了大富翁。"

"大富翁？"狐狸说着，又狂笑又冷笑。猫也跟着笑，可为了不让皮诺吉奥看出来，它用两个前爪假装梳理长胡子。

"有什么好笑的！"皮诺吉奥气喘吁吁地大声说，"我真不想叫你们流口水。喏，在这里。如果你们想知道，喏，这里有五个顶呱呱的金币。"

说着，皮诺吉奥掏出吃火人白送给他的金币。

听到金币那悦耳的叮当声响，狐狸不由自主地伸出它那看起来僵硬的瘸腿，猫睁开酷似两盏绿灯笼的眼睛，但马上又闭上了，显然，皮诺吉奥什么也没发现。

"现在，"狐狸问他，"你用这些钱干什么？"

"首先，"木偶回答说，"我要给爸爸买一件漂亮崭新的上衣。衣服是用金线和银线制成的，扣子是用宝石做的，然后我要买一本识字课本。"

"为你？"

"真的，为我自己买，因为我要上学去，要用功学习。"

"你瞧瞧我！"狐狸说，"因为我愚蠢地酷爱学习，结果失去一条腿。"

"你瞧瞧我！"猫跟着说，"因为我愚蠢地酷爱学习，结果失去了双眼。"

正在这时，一只栖息在路旁树篱上的白乌鸦用它那老调唱着说：

"皮诺吉奥，别听坏朋友的话，要不，你将追悔莫及！"

可怜的乌鸦本不该多嘴多舌啊！猫猛地一跃，扑向乌鸦，一把将它抓住。乌鸦连叫一声"哎哟"的工夫都没有，猫就把它连骨头带毛一口吞了下去。

猫吃完乌鸦，舔舔嘴巴，重新闭上眼睛，又跟以前一样装起了瞎子。

"可怜的乌鸦，"皮诺吉奥问猫，"你为什么对它这样残忍？"

"我这样做是为了教训教训它，这样下次别人说话时，它就不乱插嘴了。"

他们走了一大半路程，狐狸冷不防停下来问皮诺吉奥：

"你想让你的金币加倍吗？"

"这是什么意思？"

"你想把那仅有的五个金币变成一百个，一千个，两千个吗？"

"那还用说吗？怎么个变法呢？"

"再容易不过了。你别回家去，跟我们走就得了。"

"你们把我带到哪儿去？"

"带到傻瓜城去。"

皮诺吉奥沉思一会儿，语气坚定地说：

"不，我不想去。快到家了，我要回家去。我爸爸在等我呢。可怜的老人昨天见我没回家，天晓得他多么想我啊！可惜得很，我是个坏孩子。还是会说话的蟋蟀说得对：'不听话的孩子在这个世界上是不会有好结果的。'我吃了许多苦头才懂得了这一点，因为我遇到过许多不幸。昨天在吃火人家里，我又大祸临头……哎哟！一想起这就起鸡皮疙瘩！"

"这么说，"狐狸说，"你真的想回家？那就走吧，吃亏的只能是你自己。"

"吃亏的只能是你自己。"猫又说了一遍。

"皮诺吉奥，你可好好想想，因为机不可失、时不再来。"

"机不可失、时不再来。"猫又说了一遍。

"你今天的五个金币到明天就变成两千个了。"

"两千个了！"猫又说了一遍。

"怎么会变得那么多呢？"皮诺吉奥问道，惊奇得目瞪口呆。

"现在我就告诉你。"狐狸说，"要知道，傻瓜城里有一块风水宝地，大家都叫它'奇迹福地'。你在这块地上挖一个小窟窿，然后，比方说，放进去一个金币。接着用一点土将小窟窿重新盖起来，浇上两桶泉水，再撒上一撮盐，晚上你便可以安安心心上床睡觉了。这样，夜间金币就会发芽，开花。第二天早晨起床后，你再回到地里一看，你会看到什么呢？看到一棵漂亮的树上挂满金币，那样子如同六月的金黄色麦穗上结出的无数麦粒。"

"这么说，"皮诺吉奥叫喊起来，越来越惊奇了，"要是我在那块地里埋下五个金币，第二天早晨可以得到多少金币？"

"那太好算了。"狐狸回答，"你扳起指头就能算出来。你想想看，每个金币为你生出一串五百个金币，五百乘五，第二天早晨你的口袋里将有两千五百个闪亮发光、叮当响的金币。"

"啊，太好啦！"皮诺吉奥大叫一声，兴奋得手舞足蹈，"一旦我有了这么多金币，两千个归我，另外五百个我白白送给你们二位。"

"白白送给我们？"狐狸喊道，显出因受到侮辱而激怒的样子，"但愿老天爷免了这份礼！"

"但愿老天爷免了这份礼！"猫又说了一遍。

　　"我们，"狐狸接着说，"我们可不是为自己可耻的利益而忙碌的，我们只是为了别人发财致富而奔波。"

　　"为别人发财致富！"猫又说了一遍。

　　"多么好的人啊！"皮诺吉奥心里想。他一下子把他爸爸、爸爸的新上衣、识字课本和一切美好的决心忘得一干二净，对狐狸和猫说：

　　"我们快走吧，我跟你们一块儿去。"

第十三章

红虾旅店

他们走呀，走呀，天黑的时候，他们累得要死，终于来到一家叫做"红虾"的旅店。

"我们在这里停一会儿，"狐狸说，"吃口东西，休息几个钟头，半夜再动身，明天黎明，'奇迹福地'就到了。"

他们三个走进这家旅店，围着桌子坐下来，可谁都没有食欲。

可怜的猫感到胃很不舒服，只吃了三十五条抹着番茄酱的鲱鲤鱼，四份帕尔马奶酪^①牛肚，觉得牛肚不够好吃，又要了三次黄油和奶酪做调料！

狐狸也想吃一些东西，可医生严格限制它的食量，它只吃了一只活鲜鲜的肥嫩野兔！配以最清淡的肥美小母鸡和刚会打鸣的童子鸡。吃完

---

① 意大利的著名奶酪，因产于帕尔马城而得名。

兔子后，为了开开胃，它又点了小吃：鹧鸪、鹌鹑、家兔、田鸡、蜥蜴、葡萄干，除此以外，再不要别的什么了。因为食物叫它恶心，想吐，它说什么也不吃了。

吃得最少的是皮诺吉奥。他吃了一点点核桃仁，一小块面包，剩下的全留在盘子里。可怜的孩子将全部心思集中在"奇迹福地"上，好像提前拿到了白花花的滚滚金币。

吃晚饭的时候，狐狸对店主说：

"给我们开两个好房间，一间给皮诺吉奥先生，一间给我和我的朋友。我们走前要打会儿瞌睡。您要记住，半夜叫醒我们，好继续赶路。"

"是，先生们。"店主回答，对狐狸和猫挤眉弄眼，好像在说，"我心领神会，我们可说清楚啦！"

皮诺吉奥刚刚上床，就马上呼呼睡着了，并开始做梦。他梦到自己来到一块田地中。田地长满了小树，树上挂满一串串的东西，而这一串串的东西上又缀满了金币，微风吹拂，金币摇摇晃晃，发出"叮当叮当"的响声，好像在说："谁愿意就来摘我们吧。"正当皮诺吉奥喜出望外，准备伸手大把大把地摘这些美丽的金币、把它们全都放进口袋时，突然被房门上三下很响的敲门声惊醒。

原来是店主来告诉他半夜的钟声已经敲响。

"我的同伴准备好了吗？"木偶问。

"岂止是准备好了！它们两个钟头前都离开了。"

"何必这样着急呢？"

"因为猫得到音信，说它大儿子的脚上生冻疮，有生命危险。"

"它们付了晚饭钱吗？"

"哪儿的话？它俩特有教养，不会对阁下做出任何不礼貌事情的！"

"真遗憾！我倒乐意它们对我不礼貌！"皮诺吉奥挠挠头，无可奈何地说。接着又问：

"我那两个朋友说过在哪儿等我吗？"

"明儿天一亮在'奇迹福地'等您。"

皮诺吉奥给自己和两个朋友付了一个金币的晚饭钱，然后才离开。

可以说，皮诺吉奥是摸索着走路的，因为店外漆黑一团，伸手不见五指。田野四周连一片树叶的沙沙声都听不到，只有一些夜鸟穿过道路，

从这树丛飞到另一树丛上，用翅膀拍打着他的鼻子，他吓得连连后退几步，大叫起来：

"那是谁？"

从远处的四周小山丘反反复复地传来回声：

"那是谁？那是谁？那是谁？"

皮诺吉奥走着，走着，看见树干上有一个小动物发出点点亮光，苍白而昏暗，如同从透明的瓷制灯具里射出的小小烛光。

"你是谁？"皮诺吉奥问。

"我是会说话的蟋蟀的影子。"小动物回答，声音细弱细弱的，像从另一个世界来的。

"你要我干吗？"木偶问。

"我想给你一个忠告。你现在回去，把剩下的四个金币带给你那可怜的爸爸，他正为再见不到你而痛哭流涕和伤心绝望着。"

"明天我爸爸将成为一个大富翁，因为这四个金币将变成两千个。"

"我的孩子，别人答应你一夜之间将可成为富人，你可别相信这些鬼话。说这些话的人通常不是疯子就是骗子。听我的话，回家去吧。"

"不，我偏要往前走。"

"现在已经晚了！"

"我要往前走。"

"夜里漆黑一团……"

"我照样往前走。"

"路上有危险……"

"我还是往前走。"

"你要记住，那些一心搞恶作剧和按照自己的方式任着性子做的孩子，早晚是要后悔的。"

"又是老一套。蟋蟀，晚安。"

"皮诺吉奥，晚安。愿老天爷保佑你一路平安，不遇上杀人凶手。"

刚刚说完这些话，会说话的蟋蟀转眼不见了，像一支蜡烛被风吹灭了似的。路上比先前更加黑暗。

第十四章

皮诺吉奥因为不听会说话的蟋蟀的忠
告而碰上了杀人凶手。

　　"说真格的,"木偶自言自语,又重新上路了,"我们这些可怜的孩子是多么倒霉。大家都责骂我们、教训我们、劝告我们。让他们去唠叨个够吧!他们顽固地自以为是我们的爸爸和老师。人人都是这样,连会说话的蟋蟀也不例外。这会儿就是因为我不想听讨人嫌的蟋蟀的唠唠叨叨,照它的说法,谁知道该有什么灾难降到我身上!我还要遇上杀人凶手呢!幸好我现在不相信,从来也不相信有什么杀人凶手。据我看,杀人凶手是爸爸们故意编造出来的,这是为了吓唬吓唬那些夜晚爱在外面游逛的孩子们。退一步说,假如我真的这会儿在街上遇到杀人,难道我果真会害怕他们不成?这简直是白日做梦。假如这样,我将径直走到他们跟前,高声大喊:'杀人凶手先生们,你们要我干吗?请你们记住,跟我开不得玩笑!快走开,干你们的事吧,闭起你们的嘴巴!'听到我这些严肃认真的话,那些可怜的杀人凶手,我好像看见他们一阵风似的落荒而逃了！如果他们没有教养，不愿逃走，那我走开就是了，事情不就这样结束了吗……"

皮诺吉奥还没有说完他那一通大道理，因为正好这个时候，他仿佛听到了背后的树叶很轻很轻的沙沙声。

他转过身子一看，黑暗中看到两个黑影，全身套着两个装炭的袋子，踮起脚尖一跳一蹦地从后面紧紧追着他，活像两个鬼怪。

"他们果真在这里！"皮诺吉奥自言自语。他不知道该把四个金币藏在什么地方。说时迟，那时快，灵机一动，他把金币藏到嘴里，确切地说，压在舌头下面。

他想拔腿跑掉，可还没有迈步，就觉着手臂被抓住了，听到两个瓮声瓮气、令人毛骨悚然的声音对他说：

"要钱还是要命！"

　　因为嘴里藏着金币，皮诺吉奥没法回答。他一再鞠躬作揖，用手比画来比画去，要让从袋子的两个窟窿里露出眼睛的家伙明白——他只不过是个可怜的木偶，口袋里连一个铜子儿都没有。

　　"算了吧，算了吧！少说废话，拿出钱来！"两个强盗大声威胁说。

　　木偶又摇头又做手势，好像在说：

　　"我没有钱。"

　　"把钱拿出来，要么，死路一条。"高个子的杀人凶手说。

　　"死路一条！"另一个又说一遍。

　　"杀了你，还要杀你父亲！"

　　"不，不，不，别要我那可怜的爸爸的命！"皮诺吉奥用绝望的声音大喊大叫。他这么一喊一叫，嘴里的金币发出"叮当"的声响。

　　"呵，无赖！原来你把钱藏在了舌头下面！快吐出来！"

　　皮诺吉奥硬是顶住不吐。

　　"嘿！你还装聋装哑？等着瞧吧，我们会很快想个办法叫你吐出来！"

　　实际上，它们一个捏住他的鼻子尖，另一个按住他的下巴，开始动手粗暴地拉来拉去。一个往这里拉，另一个往那里扳，为的是要逼他把嘴张开，可毫无用处，木偶的嘴好像是用钉子钉起来的，而且钉进的钉子是敲弯的。

　　个子小的杀人凶手抽出一把破刀子，想用它当杠杆和凿子，插到他的两片嘴唇中间，可皮诺吉奥的动作快得像闪电一样，用牙猛咬他的手。只这一口，把手齐着根儿咬断了，接着把咬下来的手吐出来。他吐在地上的并不是什么人的手，而是猫的爪子，请诸位想象一下皮诺吉奥该有多么惊奇吧。

皮诺吉奥因旗开得胜而精神振奋，于是拼命挣脱杀人凶手的魔掌，跳过路旁的树篱，开始逃向田野。杀人凶手跟在他后面穷追不舍，如同两条猎犬追赶一只野兔。那位失去一只爪子的杀人凶手只用一只独脚追赶，天晓得他是怎样跑的。

跑了十五公里，皮诺吉奥再也跑不动了。他觉得自己马上就要完蛋了，于是抱着一棵最高松树的树身往上爬，爬上去后，坐到树顶上。杀人凶手也打算爬上去，可爬到一半，从树干上滑溜下来，摔到地上，擦破了手和脚的皮。

可他们并不死心，捡起一捆干木柴，堆在松树脚下，点起了火。转眼之间，松树开始熊熊燃烧起来，如同风吹着蜡烛摇曳着。皮诺吉奥看到火焰越烧越旺，不想变成烧烤的鸽子，于是从树顶跳下来，重新跑起来，越过田野和葡萄园。两个杀人凶手依然在后面追赶，毫无疲劳的样子。

这时候，天开始发亮，他们仍然你追我赶。皮诺吉奥突然一下子被一条沟渠挡住了去路。沟渠宽大，又特别深，满是污泥浊水，像咖啡和牛奶的混合颜色。怎么办呢？

"一！二！三！"木偶大声喊着，憋足了劲头儿，一个冲刺，就跃到沟渠另一边。杀人凶手也要跳过去，但没有算准距离，"扑通"一声掉进沟渠中间。皮诺吉奥听到"扑通"声和溅水声，高兴得哈哈大笑，边跑边大叫：

"杀人凶手先生，愿你们洗个好澡！"

他原以为两个杀人凶手淹死了。可回头一看，发现他们仍然在后面追赶着，还是套着袋子，湿淋淋地往下滴水，活像两只漏底的篮子。

第十五章

两个杀人凶手继续追赶皮诺吉奥。追上后，他们把他吊在一棵大橡树的枝头上。

　　木偶灰心丧气了。正当他准备匍匐在地、就要认输的时候，眼睛却在东张西望。他看见远远的苍郁幽深的树林中，有一间雪白的小屋子在闪着光亮。

　　"只要我还有口气跑到那间小屋，我也许就有救了。"他心里想。

　　他连一分钟也没有耽搁，重新向树林那边跑去，两个杀人凶手一个劲儿地在后面追赶。

　　他绝望地跑了将近两个钟头，终于气喘吁吁地跑到小屋子门前，"咚咚"敲门，可没人答应。

　　他还是猛烈敲门，因为他听到追捕者的脚步声，急促和粗大的喘气声越来越近。可屋里依然寂静无声。

　　他觉得敲门无济于事，急得在绝望中开始用脚踢门，用头撞门。这时候，一个美丽的小女孩从窗口探出头来，深蓝色的头发，脸色苍白得如同蜡人。她眼睛紧闭，双手交叉胸前，说话时嘴唇一点儿也不动，仿佛是从另一个世界来的，用很细很细的声音说：

"这屋子没住任何人，人全死光了。"

"起码你能给我开开门！"皮诺吉奥边哭边苦苦哀求说。

"我也死了。"

"死了？那你在窗口干吗？"

"我在等棺材把我运走。"

话刚一说完，小女孩便无影无踪，窗户又悄无声息地关上了。

"深蓝色头发的小女孩，多么美丽啊！"皮诺吉奥大声说，"可怜可怜我，请给我开开门。请对一个被杀人凶手追捕的可怜孩子发发慈悲吧……"

还没等他把话说完，他的脖子就被掐住了，两个熟悉的声音以威胁的口吻嘟囔着：

"你现在再也跑不掉了！"

皮诺吉奥觉得死神近在眼前，害怕得浑身颤抖，哆嗦得两条木腿的关节咯吱咯吱响，藏在舌头下面的四个金币也叮当作响。

"怎么样？"杀人凶手问他，"你是开口还是不开口？哼，不回答？……那没关系，这回我把你的嘴巴撬开就是了！

他们刷地一下抽出两把很长很长的刀子，锋利得像剃头刀，"咔嚓"……朝他的腰部捅了两下。

幸亏木偶是用特别坚硬的木头做成的，正因为如此，这样一捅，刀子断了，刀片也折得粉碎，杀人凶手的手里只剩下刀柄，面面相觑、无可奈何。

"我明白了。"其中一个说，"要把他吊起来！我们要把他吊死！"

"我们要吊死他。"另一个又说了一遍。

说到做到。杀人凶手把皮诺吉奥的手臂反绑起来，用绳子在他的喉咙上打个活结，把他悬挂在号称"大橡树"的树枝上。

然后，他们盘坐在草地上，等着木偶蹬最后一次腿。可三个钟头过去了，木偶的眼睛依然睁得大大的，嘴巴紧闭，两腿蹬得越来越厉害了。

他们等得不耐烦了，转过身子，嘲笑着对木偶说：

"明天见。明天我们回到这里时，希望你能给我们赏个脸，嘴巴张得大大的，好好地死掉。"

他们走了。

这时候突然刮起了一阵狂暴的北风。狂风怒吼，凄厉地呼啸着，把

吊在那里的可怜木偶吹过来吹过去，哗啦啦响，像敲起节日钟声的钟摆在那里猛烈地摇晃。这种东摇西摆叫他撕心裂肺般难受，脖子上的活结越勒越紧，连气都透不过来了。

　　他的目光渐渐变得模糊起来。他虽然觉得死神即将降临，依然怀着一线希望会随时遇到善良的人能救他一命。他盼呀，等呀，可没有任何人，千真万确，硬是一个人也没有。这时候，他想到了自己可怜的爸爸……他几乎像是病入膏肓的人，嗫嚅着：

　　"啊，我的爸爸！要是你在这里就好了！……"

　　他再没有力气说话了。他闭上眼睛，张开嘴巴，伸开两腿，一阵猛烈的抽搐，僵硬地吊在那里。

第十六章

深蓝色头发的美丽小女孩收留了木偶，把他放到床上，请来三位医生会诊，看他是活是死。

可怜的皮诺吉奥被两个杀人凶手吊在大橡树的枝头上，看上去，说他活着倒不如说他死了。深蓝色头发的美丽小女孩重新从窗口探出头来。看见不幸的木偶被套着脖子吊着，在北风中东摇西摆，不由自主地产生了同情心，于是连击三掌，发出了三个小小的拍击声响。

听到信号，紧接着是拍打翅膀的巨大响声，一只大猎鹰风驰电掣般地飞来，落在窗台上。

"我仁慈的仙女，您有什么吩咐吗？"猎鹰说着低下嘴巴致敬（因为要知道，深蓝色头发的小女孩不是别人，正是最善良的仙女，她住在附近的林子里也有一千多年了）。

"你看到吊在大橡树枝头上那个木偶吗？"

"看到了。"

"好吧，你立即飞到那里去，用你那尖尖的利嘴啄开把木偶吊起来

的绳结，然后轻轻地把他放在橡树脚下的草地上。"

猎鹰飞走，过了两分钟回来说：

"您吩咐的事情办完了。"

"你觉着怎么样？他是活着，还是死了？"

"我看是死了。不过，还没有完全死，因为我刚刚啄开套在他喉咙上的活结时，他还舒了一口气，轻声轻气地嘟囔：'我现在感到好多了……'"

于是，仙女连击两掌，发出两个小小的拍击声，来了一只神气活现的卷毛狗，用两条后腿走，完全像人走路一样。

卷毛狗身着华丽的车夫礼服，头戴一顶镶着金银饰带的三角小帽，白色假卷发一直垂到脖上，巧克力色的上衣镶着宝石扣子，两个大大的兜子是专门装主人赐给的肉骨头的，下身穿一条大红色天鹅绒裤子，套一双丝袜子，脚蹬低帮小鞋，后面背一个像装雨伞用的套子，是用深蓝色的缎子做成的，天一下雨，便把尾巴藏到里面。

"麦托罗，快点，做件好事！"仙女对卷毛狗说，"马上到我的厩房里，套辆最漂亮的车子到树林子去。在橡树底下，你会看见半死不活的木偶一动不动躺在草地上。你要恭恭敬敬地把他抱起来，小心翼翼地将他放到车子的坐垫上，带到我这里，听懂了吗？"

　　卷毛狗摇了三四次深蓝色缎子伞套，表示它明白了，接着像一匹骏马似的飞驰而去。

　　不大一会儿工夫，从厨房里驶出一辆漂亮的小车子，外面饰着金丝鸟羽毛，颜色亮光光的，里面裱糊着像挂着乳脂奶油的萨沃伊点心[①] 那种颜色的粗丝，小车由一百对小白老鼠拉着。卷毛狗坐在驾车座位上，俨然一副车夫的派头，唯恐误了大事，左右抽着鞭子。

　　还没有一刻钟，小车就回来了。等在家门口的仙女一把搂住可怜木偶的脖子，把他抱进一间墙壁上镶嵌着珍珠母的小卧室，立即派人去请附近最有名的医生。

---

① 美味的意大利甜品。

　　三位医生先后很快就到了：乌鸦、猫头鹰和会说话的蟋蟀。

　　"诸位先生，"仙女转过身子，向一起围在皮诺吉奥床前的三名医生询问，"我想从你们这里知道这个倒霉的木偶到底是活着，还是死了！……"

　　听了仙女的请求，乌鸦第一个走上前去，先号了号皮诺吉奥的脉搏，又摸了摸他的鼻子，最后摸了摸他的小脚趾。等全部认认真真地摸完后，严肃地说了一大通话：

　　"据我看，木偶确实死了。但如果万幸他没有死，那么就有可靠的迹象表明他一直活着！"

　　"很抱歉，"猫头鹰说，"我不得不反驳我尊贵的朋友和同事乌鸦医生的话。我认为，木偶一直活着，但假如他万一没有活着，那就证明他确实死了！"

"您难道什么也不说吗？"仙女问会说话的蟋蟀。

"我要说，一个慎重的医生当他也不知道自己在说些什么时，那么他能做的最好的事情是沉默。再说，这个木偶对我来说并非新面孔，我认识他有好多时日了！"

本来一动也不动、像一段木头的皮诺吉奥听到这一番话，不由自主地一阵子痉挛战栗，整个床都摇动起来。

"那个木偶，"会说话的蟋蟀接着说，"是个十足的无赖……"

皮诺吉奥睁开眼睛，又立刻闭上。

"是个野小子，是个无赖汉，是个二流子……"

皮诺吉奥用被单蒙起脸。

"那个木偶是个不听话的孩子，他把可怜爸爸的肺都快要气炸了！"

说到这里，大家在屋子里听到沉闷的呜咽声。掀开被单一看，才发现是皮诺吉奥在哭泣、在呜咽，诸位想象得到大家该有多么惊讶吧。

"死人在哭，这说明他正在好起来。"乌鸦严肃认真地说。

"我很痛心。我不得不反驳我尊贵的朋友和同事的话。"猫头鹰接着说，"据我看，当死人哭时，这说明他不高兴死。"

第十七章

皮诺吉奥吃了糖，但不愿吃药。可看
到掘墓人要把他抬走时，他才吃了
药。后来他说了慌，鼻子长起来，受
到惩罚。

　　三位医生刚刚走后，仙女来到皮诺吉奥身旁，摸摸他的额头，发现
滚热烫手，他正在发高烧。
　　于是，仙女把少许白色粉末溶化在半杯水中，递给木偶，疼爱地对
他说：
　　"你喝下去，几天就好了。"
　　皮诺吉奥望着杯子，撇撇嘴，用哽咽的声调问：
　　"是甜的，还是苦的？"
　　"是苦的，苦的才能治好你的病。"
　　"要是苦的，我不想喝。"
　　"听我的话，喝下去。"
　　"可我不喜欢苦的东西。"

"喝下去。喝后，我给你一颗小糖球，嘴就不苦了。"

"小糖球在哪儿？"

"在这里。"仙女说着，从镀金的盒子里取出一颗来。

"我先吃糖球，后喝那苦药水……"

"你答应我了？"

"一言为定……"

仙女给皮诺吉奥一颗糖球，他就嘎吱嘎吱嚼起来，转眼之间一口吞了下去，舔着嘴唇说：

"要是糖球是药那该多好啊……我可以天天吃药。"

"现在你该履行诺言了，把这点点药水喝下去，你身体就好了。"

皮诺吉奥很不情愿地端起杯子，把鼻子尖伸进去，然后靠近嘴边，又将鼻子尖伸进去，最后连声说：

"太苦了！太苦了！我不能喝。"

"你连尝都没尝，怎么知道太苦呢？"

"我是想象出来的！我闻到了味道。喝药前，我再要一颗糖球……然后才喝下去……"

仙女耐心得像一位善良的妈妈，给他嘴里又放进一颗糖球，然后又把杯子递给他。

"这样，我还是不能喝药水！"木偶说着，做了成千个鬼脸。

"为什么？"

"因为放在下面脚上的枕头叫我很不舒服。"

仙女把枕头拿掉。

"没有用！我照样不能喝……"

"还有什么叫你不舒服的？"

"卧室的门半敞开着,这叫我不舒服。"

仙女去把门关上。

"不管怎么样,"皮诺吉奥放声大哭起来,还叫喊着,"这药水太苦,我不想喝下去,不喝,不喝,不喝!"

"我的孩子,你要后悔的……"

"我不管这一套……"

"你的病是很严重的……"

"我不管这一套……"

"你正在发高烧,几个钟头你就会被带进另一个世界的……"

"我不管这一套……"

"你不怕死吗?"

"一点儿也不怕!我宁愿死,也不喝讨厌的药水。"

正在这个时候,卧室的门开了,进来四个黑如墨汁的兔子,肩上抬着一口装死人的小棺材。

"你们来我这里想干吗?"皮诺吉奥大声问道,害怕得毛骨悚然,一骨碌从床上坐起来。

"我们来抬你。"最肥大的兔子回答说。

"抬我……我现在还没死呢!"

"是现在还没有死,可只能活几分钟了,因为你现在拒绝喝下能治好你发高烧的药水!"

"啊,我的仙女,啊,我的仙女。"木偶开始声嘶力竭地喊叫起来,"快递给我那杯子……请快点,快点,因为我不愿死,不……不愿死……"

他双手捧起杯子,"咕嘟"一口,把药水喝个杯底朝天。

"有什么法子！"兔子们说，"这回我们算白跑一趟。"

它们重新抬起小棺材，放到肩上，从卧室里走出来，发一通牢骚，从牙缝挤出喃喃自语的抱怨声。

事实上，过了几分钟，皮诺吉奥就跑下了床，病完全好了。因为要知道，木偶们有造化，他们难得生病，万一有病，好得又特别快。

仙女看到木偶满屋子跑来跑去，蹦蹦跳跳，动作敏捷，快活得活像刚刚学会打鸣的小公鸡，于是问他：

"那么，难道不是我的药把你的病给治好了吗？"

"千真万确！我又重新回到了这个世界！"

"那为什么让我一而再，再而三地求你喝药呢？"

"事实上，我们所有的孩子都是一个样。我们怕吃药比怕生病更厉害。"

"真不害臊！孩子们应该知道，及时吃一剂良药能治好大病，也许可以幸免一死。"

"啊！下次我就不用别人求我喝药了！我将不会忘记那些抬棺材的黑兔……那时，我捧起杯子一咕嘟全部喝下去！"

"现在，你过来，给我讲讲你是怎样落到杀人犯手里的。"

"事实是这样的：木偶老板吃火人给我几个金币，对我说：'喂，把这几个金币带给你爸爸！'我在路上遇到狐狸和猫，它俩都很好，对我说：'你想把这些金币变成一千个和两千个吗？那就跟我们走，我们将把你领到'奇迹福地'去。'我说：'走吧。'它们说：'我们在这里的红虾旅店歇歇脚，午夜后再走。'我醒来后，它们不在，早已走了，于是我一个人动身走了。这是个漆黑一片的夜晚。途中我遇上两个杀人凶手，身上套着两个装木炭的袋子。他们对我说：'把钱拿出来。'我说没钱。因为四个金币藏在嘴里，一个杀人凶手要用手伸进我的嘴里，我一口咬掉他的手，然后吐出来，谁知吐出来的并不是什么手，而是猫爪子。我在前面拼命跑，杀人凶手在我后面紧紧追赶。他们追上我，套着我脖子把我吊在树林中的一棵树上，对我说：'明天我们再回到这里，那时你就死了，嘴巴张得大大的。这样，我们可把藏在你舌头下面的金币带走。'"

"你的四个金币现在放什么地方？"仙女问。

"我丢了！"皮诺吉奥回答。他撒了谎，因为金币藏在他的口袋里。

他刚刚撒完谎，那本来已很长的鼻子又长了两指。

"你到底丢在哪儿？"

"丢在附近的树林里。"

他撒了第二次谎，鼻子又长起来。

"要是你丢在附近的林子里，"仙女说，"我们东找西寻，准能找到的，因为丢在附近林子里的所有东西总是能找到的。"

"哦！现在我想起来了。"木偶语无伦次地回答，"那四个金币我并没有丢，而是在我喝药水时一不小心将它们一口吞下去了！"

这第三次谎话刚说完，他的鼻子就疯狂似的伸长，这样，可怜的皮诺吉奥连身子都转不过来。要是他转向这里，鼻子就碰上床，或者碰上窗户的玻璃。要是往那里转，鼻子就碰着墙，或者碰着卧室的门，要是他稍微抬抬头，鼻子就有插到仙女眼里的危险。

仙女看着他笑了。

"您为什么笑？"木偶问。眼见鼻子长得飞快，他心慌意乱，怕得要命。

"我笑你撒谎。"

"你是怎么知道我撒谎的？"

"我的孩子，谎话能很快被识破，因为谎话有两种类型：一种是腿变短的谎话，一种是鼻子变长的谎话，你的谎言正好属于鼻子变长这一类。"

皮诺吉奥羞惭得无地自容。他想从卧室溜走，但办不到。他的鼻子太长了，再不能从门出去了。

第十八章

皮诺吉奥又遇上了狐狸和猫,跟它们
一起到"奇迹福地"去种四个金币。

正像诸位想象的那样,仙女让木偶哭了足足半个钟头,原因是他的鼻子长得出不了门。仙女这样做无非是为了给木偶一个严厉的教训,以改正撒谎的坏毛病,这种恶习小孩子都有。可当她看到木偶绝望得脸都变了形,眼睛都快要鼓出来的时候,反而动了怜悯之心。于是仙女连拍巴掌,听到击掌声,成千只肥大的啄木鸟从窗户飞进卧室,落在皮诺吉奥的鼻子上,啄呀,啄呀,仅仅几分钟的工夫,他那长长的大鼻子便恢复了原来的样子。

"我的仙女,您多么好啊!"木偶边说边擦干眼泪,"我多么爱您啊!"

"我也爱你。"仙女回答,"要是你愿跟我留下来,你就是我的小弟弟,我就是你的小姐姐……"

"我想留下……可我那可怜的爸爸呢?"

"我都想过了。你爸爸已得到通知，他天黑前会来这里的。"

"真的吗？"皮诺吉奥大声说，高兴得跳起来。"那好，我的仙女，要是您高兴，我想去接他！我多么渴望能亲吻那可怜的老人啊！他为我吃尽了苦头！"

"去吧，可千万小心，别迷了路，顺着朝树林里的路走，一定会碰到他的。"

皮诺吉奥出发了，刚进树林子，就像小狗子似的飞跑起来。跑了一阵子，快到大橡树跟前时，也停了下来，因为他听到树林中有人声。的确，他看到路上有人。诸位猜猜是谁呢……就是狐狸和猫这两个旅伴。在红虾旅店他曾同它们共进晚餐。

"咦，我们亲爱的皮诺吉奥！"狐狸喊道，跟他拥抱和接吻，"你怎么来到这里？"

"你怎么来到这里？"猫又说了一遍。

"说起来话长了，"木偶说，"听我慢慢给你们说。你们应该知道，那天夜里，你们把我一个人丢在旅店里，我后来在路上遇到杀人凶手……"

"杀人凶手？啊，我可怜的朋友！他们要干吗？"

"他们要偷走我的金币。"

"可耻！"狐狸说。

"太可耻了！"猫又说了一遍。

"我撒腿就跑。"木偶继续说，"他们一直在后面追。追上我后，他们把我吊在那棵橡树的枝条上……"

皮诺吉奥指指那棵有两步远的大橡树。

"还能听说比这更坏的事情吗？"狐狸说，"我们不得不生活在一个什么样的世界啊！我们这些正正派派的人在什么地方能找到一个安身之处呢？"

正当他们这样说话时，皮诺吉奥发现猫的前右腿有点跛，实际上，猫的脚掌连同趾甲都没有了，因此，皮诺吉奥问：

"你的脚掌怎么啦？"

猫本想回答点什么的，可一时心慌意乱，什么也说不出来。于是狐狸马上说：

"我的朋友太谦虚了，所以他不愿回答你。我替他回答。你要知道，一个钟头前，路上我们遇到一只饿得快要晕倒的老狼，它求我们给点儿什么施舍的，可我们一无所有，连一根鱼刺都没有。我们这位慷慨大方、情操高尚、乐善好施的朋友干了些什么呢？咔嚓一声，他咬断了前腿的脚掌，扔给了这可怜的野兽，好让它开开胃口。"

狐狸边说边擦泪水。

皮诺吉奥也深受感动，走近猫，贴着它的耳朵悄悄地说：

"如果所有的猫都像你，老鼠该多幸运啊！"

"你来这儿干吗？"狐狸问木偶。

"等我爸爸，他早晚要到这儿来的。"

"你的金币呢？"

"我总是放在口袋里，少了一个，我把它付给了红虾旅店。"

"想想看吧，明天就不是四个，而是变成了一千个，两千个了！你为什么不听我的话？为什么不去将它们种在'奇迹福地'呢？"

"今天不可能了，改天去吧。"

"改天去太晚了！"狐狸说。

"为什么？"

"因为那块土地已被一个大阔佬买走了，从明天起，那里不准任何人种钱了。"

"从这里到'奇迹福地'有多远？"

"刚两公里远。你想跟我们去吗？半个钟头就到。到了那里，你马上种下四个金币，用不了几分钟，你便可收两千个。今天晚上你回到这里，口袋里就装满金币了，你想跟我们去吗？"

皮诺吉奥犹豫片刻，没有马上回答，因为他想到了善良的仙女、老杰佩托和会说话蟋蟀的忠告。可最后，他还是像所有没有丝毫判断力、没心没肺的孩子一样，上了圈套，点点头，对狐狸和猫说：

"我们走吧，我也跟你们一块去。"

他们出发了。

走了半天，他们来到一座名字叫"捉傻瓜"的城市。进到城里，皮诺吉奥看到满街都是饿得打哈欠的癞皮狗，剪了毛的、冻得瑟瑟发抖的绵羊，乞讨玉米、没有鸡冠和垂肉的公鸡，不能再飞的大蝴蝶，因为它们最美丽、色彩鲜艳的翅膀给卖掉了，全都没有尾巴而羞于见人的孔雀，一声不响、趔趔趄趄走路的野鸡，它们为永远失去那金色银色闪闪发光的羽毛而痛惜。

在这群乞丐和不光彩的可怜傻瓜中间，时而驶过几辆豪华的马车，上面或者坐着几只狐狸，或者坐着几只偷食的喜鹊，或者坐着几只凶猛的飞鸟。

"'奇迹福地'在哪儿？"皮诺吉奥问。

"离这儿两步远。"

说到做到。他们穿过城市，出了城门，来到一块荒凉的土地，跟别的田地几乎完全一样的田地。

"我们到了。"狐狸告诉木偶,"现在你弯下身子,用手在地上挖一个窟窿,把金币放进去。"

皮诺吉奥照办。他挖好窟窿,把剩下的四个金币放进去,然后用点儿土把窟窿重新盖起来。

"现在,"狐狸说,"你到附近的水沟去取一桶水来,浇浇你种金币的地方。"

皮诺吉奥到水沟旁,因为一时找不到水桶,就从脚上脱下一只鞋,灌满了水,浇到盖着窟窿的土上,然后问:

"还有什么要做的事吗?"

"没有了。"狐狸回答,"现在我们可以走了。二十来分钟后,你再回到这里,那时,你就可以看到一棵树苗拔地而起,枝条上挂满了金币。"

可怜的木偶高兴得忘乎所以,对狐狸和猫千恩万谢,答应送给它们最丰盛的礼物。

　　"我们不要什么礼物。"这两个坏家伙回答说，"我们只要教会你不劳而获发一笔横财，就心满意足了，就像过节一样高兴了。"

　　它们边说边向皮诺吉奥告辞，祝他有一个好收成，然后干它们自己的事去了。

第十九章

皮诺吉奥的金币被盗。他受到惩罚，
坐了四个月的牢。

皮诺吉奥回到城里，开始一分钟一分钟地数起来，等觉着到了时候，马上打原路返回"奇迹福地"。

他行色匆匆，大步流星地走着，心跳得很厉害，如同挂钟一样滴答滴答地响着。他边跑边想：

"假如树枝上不是一千个，而是两千个呢？假如不是两千个，而是五千个呢？假如不是五千个，而是十万个呢？啊！这样，我就成了大富豪……我想拥有一座富丽堂皇的宫殿，一千匹小木马和一千个马厩，好供我消遣娱乐，我还要一座酒窖，里面储藏着露酒和胭脂红酒，还有一个书柜，里面摆满了果脯、蛋糕、大面包、杏仁饼、奶油薄脆饼。"

他这样幻想着，不知不觉到了"奇迹福地"附近，在那里站住停下来四处观望看看能否偶然发现有一棵枝条上挂满金币的树木。可他什么也没看见。再往前走一百步，还是什么也没有。他走进那块田地……径直走到种下金币的小窟窿那里，依然什么也没有。于是，他陷入沉思，忘记了待人处事的规矩和礼貌，从口袋伸出一只手，在头上搔了大半天。

这时候，他听到了刺耳的格格笑声。抬头一看，只见树上有一只大鹦鹉正在梳理身上稀疏的羽毛。

"你笑什么？"皮诺吉奥气愤地问。

"我梳理羽毛时，把我翅膀底下搔得痒痒的，所以我笑了。"

　　木偶没有理它，来到水沟旁，灌满一鞋子水，重新浇在种过金币的那块地上。

　　又是一阵突如其来的笑声，而且比上一次更放肆的笑声，在荒僻寂寥的田野上听起来格外刺耳。

　　"无论如何，"皮诺吉奥勃然大怒地吼叫，"你这个没有教养的鹦鹉，能够告诉我你笑什么吗？"

　　"我笑那些傻瓜。他们什么混账话都信以为真，结果上了比他们更聪明的人的圈套。"

　　"你难道说的是我吗？"

　　"对啦，我说的就是你。可怜的皮诺吉奥，我说你愚昧无知，竟相信种下金币像种豆和南瓜能得到收获一样。我也相信过一回，如今却付出了沉重的代价。今天（可太晚了！）我才深信不疑，为了有一点点血汗钱，必须学会挣钱，懂得靠自己的双手劳动，用自己的聪明头脑去思索。"

　　"我不明白你这话是什么意思！"木偶说着，已经害怕得哆嗦起来。

　　"别着急！我只好打开窗户说亮话。"鹦鹉继续说，"你应该知道，你在城里时，狐狸和猫又回到这块地里，取走了你埋下的金币，然后像一阵风似的跑掉了。谁追上它们，真算他有本事！"

　　皮诺吉奥惊奇得目瞪口呆。他不愿相信鹦鹉的话，于是用手、用指甲拼命挖他浇过水的地方。他挖呀，挖呀，挖呀，窟窿挖得那样深，连一个草垛都可以装进去了，可再没找到什么金币。

　　木偶绝望了，拔腿往城里跑，一直跑进法院，向法官控告两个偷盗的恶棍。

　　法官是属于大猩猩科的一只大猴子。这只老猴因为高龄，蓄着白花花的胡子，又特别架着一副金丝边眼镜而受到尊重。这副金丝边眼镜没有玻璃片，可老猴不得不一直戴着，这样它多年患眼底动脉充血，叫它吃尽了苦头。

在法官面前，皮诺吉奥原原本本地叙说了自己是一桩卑鄙诈骗的受害者，并说出了两个恶棍的姓名和特征，要求法官主持公道。

法官和颜悦色地听着，对他的诉说抱有强烈的兴趣，又同情又感动，等木偶再没有什么要讲的时候，它就伸出手，拿起铃摇了起来。

听到铃声，马上来了两只穿着警察制服的猛犬。

法官指着皮诺吉奥，对两个狗警察说：

"这个可怜的家伙偷了四个金币，把他抓起来，赶快送进牢房。"

木偶听到这突如其来的判决，惊讶得目瞪口呆，就要提出抗议，但两个狗警察为了避免白白浪费时间，堵上了他的嘴，把他打入牢房。

他在牢房关了四个月。好长的四个月啊！要不是出了一件极其庆幸的事情，他还要坐更长的牢。要知道，统治"捉傻瓜"城的年轻皇帝打了个大胜仗，命令普天同庆，到处张灯结彩，大放焰火，举办赛马和自行车赛。为了欢天喜地庆贺一番，还打开监狱，释放了所有的盗贼。

"要是别人能出狱，我也要出狱。"皮诺吉奥对狱吏说。

"您不能出狱，"狱吏说，"因为您不属于这些庆幸人的行列……"

"请原谅，"皮诺吉奥回答说，"我也是个小偷。"

"既然这样，您有一千个获释的理由。"狱吏说着，恭恭敬敬地摘下帽子，向他鞠躬行礼，打开牢门，放他跑掉了。

第二十章

皮诺吉奥从牢房出来后，前往仙女家，但路上遇到一条可怕的蛇，接着又落到捕兽器里。

皮诺吉奥获释了，诸位可能想象得到，他该有多么高兴啊！他顾不得左思右想，马上离开城市，取道向仙女的小屋子走去。

这是个阴雨连绵的天气，道路泥泞难走，走路时半条腿都陷入泥塘，可木偶根本不在乎。他为要重新见到爸爸和深蓝色头发的仙女的强烈愿望所驱使，如同灵提 ① 一样飞快地跑起来。跑的时候，泥浆溅污了他的帽子。他边跑边自言自语："那么多倒霉的事都让我摊上了……这是活该！因为我是个又固执己见又反复无常的木偶……我总是随心所欲，不听爱我的人和比我聪明千倍的人的话！从今以后，我决心重新做人，做一个老实和听话的孩子……如今我才算明白了，不听话的孩子总是要吃亏的，他们是不会说对一句话，做对一件事的。我爸爸在等我

_____
① 一种身体细长、善于赛跑的狗。

吗？我在仙女家能见到他吗？我很久没见到可怜的爸爸了。我多么渴望能三番五次地抚摸他，没完没了地亲吻他啊！仙女能饶恕我那丑恶的行为吗？……想一想仙女对我们无微不至的关心和精心照料……想一想我如今还活着，这一切都要归功于她啊！……还能找到一个比我更忘恩负义、更没有心肝的孩子吗？……"

他正这样自言自语的时候，一下子停止了脚步，吓得后退了四步。

他看见什么啦？

他看见一条巨蛇横卧在大路中间。蛇绿皮火眼，尾巴尖尖的，活像炉壁台上的烟筒在冒烟。

木偶害怕得无法想象。他后退了半公里多，才坐在一堆石头上，等蛇一会儿离开，去干它自己的事情，让出道来。

他等一个钟头，两个钟头，三个钟头，可蛇纹丝不动。远远望去，火眼依然红红，尾巴依然喷出烟柱。

于是皮诺吉奥装出鼓起勇气的样子，靠近蛇，离它只有几步远的时候，用一种甜甜的、婉转的、细微的声音说：

"蛇先生，对不起，求您借个光，稍微移动一下您的身体，让我过去好不好？"

他说的话等于对牛弹琴，蛇还是无动于衷。

于是，皮诺吉奥又用很细很细的声音说：

"蛇先生，要知道，我必须回家去，我爸爸在那儿等我，我好久再没见到过他老人家……那么，您高兴我继续赶路吗？"

他等着蛇对他的请求有个回答的表示，可蛇仍然没有什么表示。仿佛一直活跃、生气勃勃的蛇变得动也不动，快僵硬了。蛇的眼睛紧闭，尾巴不再冒烟。

"它真的死了……"皮诺吉奥边说边高兴地搓着手。他没有耽搁一点儿时间，打算跨过蛇的身体，跳到路的那边去。可他的腿还没有抬起，蛇像松开的弹簧，冷不防直立起来，木偶吓得直往后倒退，绊了一跤，栽到地上。

他摔得真不凑巧，摔成个"倒栽葱"，脑袋插在路上的稀泥里，两腿倒立在空中。

看到木偶头朝下，两腿以难以置信的速度不停地乱蹬一气，蛇忍不住笑起来，笑得连气都喘不过来了。它笑呀，笑呀，笑呀，最后笑得太厉害了，腹部上的静脉竟笑断了，这一回，蛇真的死了。于是，皮诺吉奥重新飞跑起来，想天黑以前能赶到仙女家。路上他饿得头昏眼花心发慌，实在支撑不住了，便走到一块地里，想摘几串麝香葡萄填填肚子。此时此地，他千不该万不该做这种事啊！

　　他刚刚来到葡萄树下，"咔哒"一声……觉得两条腿被两个锋利的铁器夹得死死的，疼得他两眼顿时直冒火星。

　　可怜的木偶掉进捕兽器里，这是当地的农民为捕捉鸡貂而设下的陷阱，因为鸡貂是附近所有鸡舍的一大祸害。

第二十一章

皮诺吉奥被一个农民捉住，农民强迫
他当看门狗，看守鸡舍。

　　诸位可以想象得到，皮诺吉奥是如何大哭大嚷，并苦苦哀求的。但他的哭叫一点用处也没有，因为周围没有人家住，路上也没有一个人走过。

　　这时天黑了。

　　一方面因为铁器夹得他的胫骨疼痛难忍，另一方面因为周围漆黑一片，他孤苦伶仃，一个人在葡萄园里怕得要死，几乎要昏倒了。这时候，一只萤火虫飞过他的头顶，木偶叫住它问道：

　　"啊，小小的萤火虫，请你行行好，把我从难熬的痛苦中解救出来好吗？"

　　"可怜的孩子！"萤火虫停下来，同情地望着他回答说，"你的腿是怎么被这利器钳住的？"

　　"我进到地里想摘两串麝香葡萄吃，结果就……"

"葡萄是你的吗？"

"不是……"

"是谁教你拿别人的东西呢？"

"我饿了……"

"我的孩子，饿并不是把不属于你的东西据为己有的充分理由……"

"这是真的，这是真的！"皮诺吉奥又叫又哭，"下回我再不干这种事了。"

他们的话说到这里的时候，被走近的轻微脚步声所打断，原来是田地的主人，主人踮起脚尖来看是不是夜里有偷鸡的鸡貂掉进了陷阱。

他从外套里掏出灯一照，看见逮住的不是什么鸡貂，而是一个小男孩，完全惊呆了。

"呀！小偷！"农民气愤地说，"原来是你偷走了我的鸡！"

"不是我，不是我！"皮诺吉奥哭哭啼啼，矢口否认，"我进来只是想搞两串葡萄吃……"

"偷吃葡萄的家伙完全有可能偷鸡。让我教训教训你，叫你很长一段时间都忘不了。"

他打开捕兽器，抓起木偶的后脖子，像提溜一只吃奶的羊羔似的，把他一直提溜到家。

到了家门前的打谷场上，农民将他扔到地上，用一只脚踩着他的脖子说：

"现在天已晚了，我要上床去睡觉，明天我将跟你再算账。再说，我的看家狗今天正好死了，你就替它吧，给我当看夜的狗。"

说到做到。农民给他的脖子套上一个粗大的项圈，上面全是铆接的

黄铜铆钉。他把项圈扣得紧紧的，叫木偶扳不开，脑袋钻不出去。项圈上系着一条长长的铁链子，链子的一头固定在墙上。

　　"夜间下雨时，"农民说，"你可以到那间小木屋的狗窝里去。那里有干稻草可当床睡觉，我那可怜的狗已在那儿睡了四个月。万一来个小偷，你要记住竖起耳朵细听，汪汪地叫个不停。"

　　农民唠叨完以后，就走进自己的屋子，关上门，插上门闩睡觉。可怜的皮诺吉奥蜷缩在打谷场上，又冷又饿又害怕，觉得还不如死了好。

他不时地尽量把手伸进勒得紧紧的项圈里，哭哭啼啼地说：

"我这是活该！……我太不幸了，这是咎由自取。我只想混日子，爱游手好闲……我只听坏朋友的话，所以老是不走运。如果我像别的孩子那样，是个好孩子，如果我想读书和做工，如果我留在家里跟可怜的爸爸在一起，这个时辰我不会在这里，不会当田野中农民的看家狗了。唉！要是我能重获新生就好了……可为时已晚，没办法，忍耐一下吧！"

他痛痛快快地从内心深处发泄出一阵怨气，就进入狗窝，很快睡着了。

第二十二章

皮诺吉奥发现小偷。为了奖赏他的忠诚，农民将他释放。

　　皮诺吉奥酣睡了两个多钟头，到了半夜，被一阵窃窃私语声和噼里啪啦的古怪声惊醒。听起来，声音好像是从打谷场上传来的。他从狗窝的洞口伸出鼻子尖，看到四只小动物聚在一起咕唧着什么事情。它们的毛皮黑黝黝的，样子像猫，可又不是猫，原来它们是鸡貂，是特别贪吃鸡蛋和小鸡的食肉动物。一只鸡貂离开伙伴，来到狗窝洞口，低声说：

　　"晚上好，麦浪波。"

　　"我不叫麦浪波。"木偶回答。

　　"啊，那你叫什么？"

　　"我叫皮诺吉奥。"

　　"你在这里干吗？"

　　"我当看家狗。"

"啊，麦浪波到哪儿去了？就是一直住在这小屋子里的老狗到哪儿去了？"

"今天早上死了。"

"死了？可怜的麦浪波！它那么好……从你的相貌上看，我觉着你也是一只很讲礼貌的狗。"

"对不起，我不是一只狗！"

"啊，那你是什么？"

"我是个木偶。"

"你当了看家狗？"

"真倒霉，这都是为了惩罚我……"

"那好，我向你提出个君子协定，就像我跟死去的麦浪波搞的那个协定一样，你会心满意足的。"

"什么协定？"

"跟以前一样，我们每周来一次，深更半夜光临鸡舍，带走八只小母鸡，我们自己吃七只，一只留给你。条件是你假装睡得死死的，千万不能心血来潮汪汪吠叫，也不要叫醒农民，咱们一言为定。"

"麦浪波就是这样干的吗？"皮诺吉奥问。

"它就是这么干的，我们和它一直合作得很好。你可安安心心地睡觉，请你放心，我们离开这里前，保证给你的小屋里留下一只有毛的小母鸡，给你明天当早餐用，咱们可说清楚啦？"

"这太好了！"皮诺吉奥回答，并用威胁的样子点点头，好像要说，"等会儿我们瞧吧！"

四只鸡貂觉得万无一失后，就径直来到离狗窝很近的鸡舍前，拼命用尖牙利爪打开紧关的小木门，一个一个地溜到里面。它们刚一走进去，就听见"哐啷"一声，小门猛地关上了。

关门的正是皮诺吉奥。他嫌门关得不够牢靠，为了保险起见，又在门前放了一块大石头顶住。

接着，他开始叫起来，那"汪汪"的叫声，跟看家狗叫得一模一样。听到吠叫，农民一骨碌从床上跑起来，端起枪，头伸出窗外，问道：

"有什么事吗？"

"有小偷！"皮诺吉奥回答。

"在哪儿？"

"在鸡舍里。"

"现在我马上下去。"

实际上，在农民说"阿门"①的刹那间，他已经下来了。他跑到鸡舍，把四只鸡貂全部捉住，装进袋子里，得意洋洋地对它们说：

"你们终于落到我的手里！我本可以狠狠地惩罚你们，但我饶恕你们，这并不说明我是胆小鬼。我乐意明天将你们送到附近的一家酒店，那里会剥下你们的皮，像烧烤鲜美的野兔那样，把你们做得又嫩又焦的。你们不配享受这份荣光，可像我这样慷慨大方的男子汉并不在乎这区区小事！"

农民随后来到皮诺吉奥身边，没完没了地抚摸他，并且问：

"你是怎么发现这四个小偷的密谋的？也就是说，我那忠诚可靠的麦浪波却什么也没发现！"

木偶本想把所知道的一切原原本本地说出来，比如说出麦浪波和鸡貂订立的那个卑鄙可耻的协定，可他想到狗已死了，心里不免嘀咕起来："告发死者有什么用呢？既然已经死了，我们能够做的最好的事情就是让死者安宁……"

"鸡貂来到打谷场时，你是醒着的，还是睡着的？"农民继续问。

"睡着的。"皮诺吉奥回答说，"可我被它们的叽里咕噜声吵醒。它们其中的一个来到狗窝旁，对我说：'如果你答应我不吠叫，不叫醒主人，我们白送你一只拔毛的母鸡！'哦咳，您明白了吗？它们竟然厚颜无耻地向我提出这样的一个建议！要知道，我尽管是个木偶，有这个世界上的一切毛病，但我将永远不干为卑鄙的目的而跟别人串通一气的事

---

① 基督教祈祷和圣歌的结束语，意即"但愿如此"和"好吧"。

情，绝不跟不诚实的人狼狈为奸！"

"好孩子！"农民拍拍他的肩膀，大声地说，"你的高尚情操为你赢得了荣光，为了表达我对你的满意之情，从现在起，我放你回家去。"

农民说着，取下了他脖子上的狗项圈。

第二十三章

皮诺吉奥为去世的深蓝色头发的美丽仙女痛哭。后来遇到一只将他送往海边的鸽子。他跳下大海去搭救爸爸杰佩托。

皮诺吉奥一旦觉得套在脖子上的那个硬邦邦、叫他丢尽了脸的项圈没有了，拔腿就跑，穿过田野，一分钟也不耽搁，一直跑到通向仙女的小房子的大路上。

到了大路上，他转身朝前面的平原上望去，那片森林一览无余，倒霉的是他曾在那儿遇见过狐狸和猫，巍然屹立在树林中的那棵巨大橡树的树梢看得一清二楚，他曾给套着脖子吊在那里东摇西晃。他看看这里，又看看那里，就是看不到深蓝色头发的美丽仙女的小房子。

他顿时有了不祥之感，于是使出所有腿劲，不顾一切地跑了起来，仅几分钟的工夫，就跑到曾经耸立着的小白房子的草地上。可小白房子不见了，只有一小块大理石碑，上面用印刷体雕刻着几行伤感的碑文。

深蓝色头发的仙女长眠于此，
她因遭弟弟皮诺吉奥的遗弃而痛心得与世长辞。

木偶是在心情特别坏的时候读完这几行字的，他那瞠目结舌的样子，请诸位想象一下吧。他"扑通"一声趴在地上，没完没了地抚摸那座圣碑，情不自禁地放声大哭起来。他哭了整整一夜，第二天早上，到了大白天的时候，还一直在哭，哭得再没了眼泪。他的哭叫声和怨诉声是那样的叫人心碎，那样的刺耳，连周围的小山冈都传出接二连三的回声。

他边哭边说：

"啊，我的小仙女，你怎么死了……为什么死的是你，而不是我？我是个很坏的孩子，而你是那样的好！我的爸爸，您在哪儿？啊，我的小仙女，请你告诉我，我能在哪儿找到他？我要永远跟他在一起，再不离开他！再不离开！再不离开……啊，我的小仙女，请你对我说一声，你不是真的死了……要是你真的爱我，爱你的小弟弟，那你再复活一次吧……如同先前那样活过来吧！你看到我孤苦伶仃一个人，遭到所有人的遗弃，你不感到伤心难过吗？要是杀人凶手来了，重新把我吊在树枝上……那时，我将永远地死了。我一个人在这个世界上，你要我干吗呢？如今我失去了你和爸爸，谁供我吃喝呢？我夜里到什么地方去睡觉？谁给我做新衣裳呢？啊，死了最好！对我来说，死了要好上一百倍！真的，我想死！唉！唉！唉！"

正当他这样绝望的时候，真想拔掉自己的头发，可这根本办不到，因为头发是木头做的，连手指头插进的愿望也实现不了！

这时从空中飞来一只肥大的鸽子。它张开翅膀停下来，在高空向木偶大声问道：

"孩子，告诉我，你在下面干吗？"

"你没看见吗？我在哭呢！"皮诺吉奥说着，抬头向传来声音的地方望去，用上衣的袖口擦着眼泪。

"告诉我，"鸽子又说，"在你的同伴中间，你认识一个叫皮诺吉奥的木偶吗？"

"皮诺吉奥？你是说皮诺吉奥？"木偶又说了一遍，马上霍地跳起来，"皮诺吉奥就是我！"

鸽子听到这个回答，嗖地飞了下来，落到地上。鸽子比火鸡还大。

"你认识一个叫杰佩托的吗？"鸽子问木偶。

"我当然认识他。他是我可怜的爸爸！他跟你说到我了？你带我到他那里去好吗？他一直健在吗？请你告诉我一声，他还健在吗？"

"我是三天前在海边离开他的。"

"他干吗？"

"他自己在造一个漂洋过海的小船。四个多月来，这个可怜的人一直四处找你，可怎么也找不到，现在他准备到新大陆那些遥远的国家继续找你。"

"从这里到海边有多远？"皮诺吉奥焦虑不安地问。

"有一千多公里。"

"一千多公里？啊，我的鸽子，我要是有你那样的一双翅膀该多好啊……"

"要是你想去，我带你去。"

"怎么去？"

"骑在我的背上，你重吗？"

"重？一点儿也不重。我轻得像一片树叶。"

　　皮诺吉奥二话没说，就跳到鸽子的背上，一条腿放到这边，一条腿放到那边，像骑马师那样技巧娴熟，然后兴高采烈地吆喝着：

　　"小马儿，你快跑，快跑，把我快快带到那里去！"

　　鸽子开始飞起来，仅几分钟工夫，就冲入高空，几乎擦着了云彩，飞到非常高的地方。木偶十分好奇，低头往下看，顿时怕得要死，头昏脑涨。他怕掉下来，忙用手臂紧紧地、紧紧地抱住全身长着羽毛的坐骑。

　　他们飞了整整一天，天黑的时候，鸽子说：

　　"我渴得要命！"

　　"我饿得要命！"皮诺吉奥接着说。

"我们下去，到鸽楼里休息几分钟，再接着飞，明儿天一亮就会到海边。"

他们来到空荡荡的鸽楼里，这儿只有一满盆水和一满篮子野豌豆。

木偶有生以来就讨厌野豌豆，一听到这个名字就恶心、反胃。可这个晚上，他狼吞虎咽，吃得快要撑破肚皮了。野豌豆快吃完时，他转身对鸽子说：

"我过去从不相信野豌豆竟这样好吃！"

"我的孩子，你要牢牢记住，"鸽子回答说，"人们真的饿极了，又没有别的什么东西吃，野豌豆就是美味佳肴。一个人饿得肚子咕咕叫，就不会耍小孩子脾气了，就不会挑肥拣瘦了！"

他们匆匆忙忙地吃了一点儿东西，又出发了，嗖地飞向高空。第二天早上飞到海边。

鸽子把皮诺吉奥放到地上。它做了好事，连一句感谢的话都没来得及听，就马上飞走了，消失得无影无踪。

海滨人山人海，他们望着大海，一边叫嚷一边做着手势。

"怎么回事？"皮诺吉奥问一位小个子老太太。

"事情是这样的。一位可怜的爸爸丢了儿子，他想乘坐小船到海边寻找，可今天海涛汹涌，小船正要沉入水底。"

"小船在哪儿？"

"喏，在那里，顺着我的手指向前看。"老太太指着一只小船说。远远望去，小船如同一个核桃壳儿，里面坐着一个很小很小的人。

皮诺吉奥举目观望。他定睛一看，情不自禁地尖声大叫：

"他是我爸爸！他是我爸爸！"

这时候，小船被怒涛拍打着，时而在汹涌澎湃的激浪中消失得无影无踪，时而又浮出水面。皮诺吉奥站在一块很高的礁石的尖顶上，不断呼喊着爸爸的名字，用双手和擦鼻涕的小手帕，向他打着各种手势，甚至摘下头上的帽子频频挥舞。

杰佩托尽管离海岸很远，似乎也认出了儿子。因为他也摘下帽子，跟皮诺吉奥打招呼，一个劲儿地挥动手臂，竭力要让儿子知道，他是愿意掉回船头的，只是海浪太大，不管他怎么拼命划桨，小船也靠不了陆地。

突然卷起一个恶浪，小船不见了。大家等着小船浮出水面，可小船再也没有出来。

"可怜的人啊！"聚集在海岸上的渔民说，然后低声祈祷一番，准备返回各自的家去。

正在这时候，人们突然听到一声绝望的号叫，回头一看，只见一个

男孩站在礁石的尖顶，"扑通"一声，纵身跳进大海，高声大喊：

　　"我要去找我爸爸！"

　　因为皮诺吉奥是木头做的，很容易漂浮起来，所以游起来如同一条鱼驾轻就熟。他时而被波涛卷入水底不见了，时而露出了一条腿或者一只手臂，在离海岸很远的地方时隐时现，最后，从人们的视线里消失了，再也看不到了。

　　"可怜的孩子！"聚集在岸上的渔民说，低声祈祷着，返回各自的家去。

第二十四章

皮诺吉奥来到"勤劳蜜蜂国",又找到了仙女。

皮诺吉奥希望及时赶到可怜的爸爸身边,把他搭救出来,于是游了整整一夜。

这是一个多么可怕的夜晚哟!天下着倾盆大雨,夹杂着冰雹,令人毛骨悚然的巨雷"咔嚓嚓"轰响,一道道闪电照得海面如同白昼。

天亮的时候,皮诺吉奥看见不远的地方有一块狭长的陆地,那是大海中的一座孤岛。

他不顾一切地要游到岸边,可白费工夫,浪花飞溅、波涛翻腾,他像小树枝或者稻草被抛来冲去。最后,特别幸运的是一个巨浪狂涌过去,将他冲到沙滩上。

浪尖确实厉害,他被摔到地上,肋骨和全身关节"吱吱嘎嘎"地响,但还是马上自我安慰说:

"这回我又幸免于难!"

　　这时候天空渐渐明净晴朗，太阳出来了，光芒四射，大海变得恬静温柔。

　　于是，木偶在太阳下晾晒他湿淋淋的衣服，开始东张西望，想在烟波浩渺的大海上偶尔发现一只载有小人的小船。他全神贯注地望了一番，看到的只是天空、大海和几张船帆，船帆离得很远很远，看上去像苍蝇似的。

　　"我起码得知道这座岛叫什么名字。"他边走边自言自语，"起码得知道岛上是不是有讲礼貌的人居住，我想要说的是，岛上的人有没有将小孩子吊到树枝上的恶习？可我问谁呢？要是没有任何人，我向谁打听呢？"

　　他想到如今孤零零，孤零零，孤零零一个人流浪到这渺无人迹的地方，就愁得要命，简直要哭了。

　　这时候，他突然看见离岸不远的地方有一条大鱼游过来，大鱼游得那样自由自在，整个头都露出水面。

　　木偶不知道如何称呼这条大鱼，只好大声喊它，让对方能听得到：

　　"喂，鱼先生，请允许我跟您说句话好吗？"

　　"说两句也可以。"鱼回答说。这是一只很懂礼貌的海豚，像它这样客客气气的海豚，在世界的所有海洋中是很少见的。

　　"劳驾，请您告诉我，在这个岛上有没有一个地方可以吃点东西，而又没有被吃掉的危险？"

　　"不但有，"海豚回答说，"而且离这里不远就有。"

　　"在那里有路通吗？"

　　"顺着左边的那条小道走，总是笔直地往前走，不会走错的。"

　　"请您再告诉我一件事。您不分白天和黑夜在海上游来游去，有没有偶然遇见过一只载着我爸爸的小船？"

"你爸爸是谁？"

"他是世界上最好的爸爸，正像我是世界上最坏的儿子一样。"

"昨夜的一场风暴过后，"海豚回答说，"小船可能沉没了。"

"那我爸爸呢？"

"这个时候，可怕的鲨鱼可能将他吞下去了。几天以来，这条鲨鱼在我们的水域横扫一切，留下一片荒芜凄凉的景象。"

"那条鲨鱼有多大？"皮诺吉奥问道，这时已经吓得瑟瑟发抖了。

"大得不能再大了！"海豚回答说，"为了给你一个概念，我要说，它比一座五层楼房还要高大，嘴巴又宽又深，能松松散散地开过去整整一列火车。"

"我的妈啊！"木偶吓得直叫唤。

他赶快穿上衣服，转身对海豚说：

"鱼先生，再见，对不起，我打扰您了，万分感谢您的热情关照。"

说完，他转身踏上那条小道，大步流星般地走着，飞快地走着，简直像是在跑。每听到一个很小很小的"沙沙"声，他就马上回头看看，

因为他唯恐有五层楼房那样高、嘴巴还能通过一列火车的鲨鱼从后面追赶上来。

走了半个钟头，他来到一个小国，名字叫"勤劳蜜蜂国"。满街都是密如蚂蚁的人，都在东奔西跑、忙活着各自的事情。他们全都干活，全都有事做，找不到一个好吃懒做的人或者一个四处游荡的人，打着灯笼，也找不到这种人。

"我明白了。"这个懒洋洋的皮诺吉奥马上说，"这个国家对我不合适，我生下来就不是干活儿的！"

这时候他饿得难以忍受，因为二十四个钟头都没吃一点儿东西了，连丁点儿野豌豆也没吃。

怎么办呢？只有两种办法才能肚子不挨饿：要么是找点活儿干干，要么伸手去讨钱或者去讨块面包吃。

乞讨是丢面子的事情，因为爸爸总是告诫他说，只有老人和残疾人才有权乞讨。在这个世界上，值得帮忙和同情的真正穷人不是别人，正是那些年老或生病而被迫不能用自己的双手劳动去挣面包的人，其余的所有人都得干活儿。要是他们不干活儿而挨饿，那真是活该！

这时候大街上走过来一个人。他大汗淋漓，大口大口喘着粗气，一个人费力地推着两辆装满木炭的小车子。

皮诺吉奥望望他的脸，觉得是个好人，于是走上前去，低下头，很不好意思地低声问：

"您能行行好，给我一个索尔多好吗？因为我快饿死了。"

"别说一个索尔多，"推炭人回答说，"只要你帮我把这两小车炭推到家里去，我给你四个也可以。"

"我感到不可思议！"木偶生气地回答说，"您该明白，我可从未做过驴子，从没拉过车！"

"这太好了！"推炭人说，"那好，我的孩子，你要是真的觉得快饿死了，不妨去吃两口你的盛气凌人来充饥吧，可要当心得消化不良症呀！"

过了几分钟，街上又走过来一个泥瓦匠，肩上扛着一筐子灰泥。

"大好人，您能行个好，给我这个可怜的孩子一个索尔多吗？我饿得正在打呵欠呢。"

"我很愿意，那你跟我来运走这灰泥才行。"泥瓦匠回答说，"这样，不是给你一个，而是给你五个。"

"可灰泥太重了。"皮诺吉奥说，"我受不了这份苦。"

"要是你不想受苦受累，那也好，我的孩子，你就打呵欠取乐吧，这对你好处多着呢！"

还不到半个钟头，又走过去二十个人，皮诺吉奥向他们一一乞讨，可每个人都这样回答他：

"你不觉得害臊吗？你别游手好闲、别沿街乞讨，要找点活干干，学会挣面包吃！"

最后走过来一位慈祥善良的娇小女子。她提着两罐子水。

　　"善良的太太，您高兴让我在您的罐子里喝口水吗？"皮诺吉奥问，因为他渴得口干舌燥。

　　"喝吧，我的孩子！"娇小的女子说着，把水罐放到地上。

　　皮诺吉奥海绵似的灌足了水，擦擦嘴巴，小声嘟囔说：

　　"口不渴了！要是肚子不饿，那就更好了……"

　　听到这些话，善良的娇小女子接着说：

　　"要是你帮我把一罐水提到家，我给你一大块面包吃。"

　　皮诺吉奥看看水罐，没有说可以，也没有说不可以。

　　善良的娇小女子又说：

　　"除了面包，我还给你一大盘子用油和醋拌的菜花。"

　　皮诺吉奥又瞥了水罐一眼，仍然没有回答说可以还是不可以。

　　"除了菜花，我还给你一大块酒心糖。"

　　皮诺吉奥被最后一道美味吸引住了，再也无法抗拒诱惑，终于下定决心，对娇小女子说：

　　"好吧！我把水罐提到家里去！"

　　水罐太重，木偶用手提不起来，无计可施，只好将水罐顶在头上走。

　　他们到了家，善良的娇小女子让他坐在准备就餐的一张小桌子旁边，在他面前放上面包、拌好的菜花和酒心糖。

　　皮诺吉奥不是在吃，而是在狼吞虎咽，他的肚子像一套五个月没人居住而空空荡荡的房间。

　　木偶备受饥饿熬煎的痛苦消失了，于是抬头准备感谢救命恩人了。可他还没看完对方的脸盘儿，就情不自禁地长长惊叫了一声："喔唷……"他在那里痴呆发愣，眼睛睁得圆鼓鼓的，刀叉举在空中，嘴巴里塞满了面包和菜花。

"你中了什么邪，惊奇成这个样子？"善良的娇小女子笑呵呵地问。

"实际上……"皮诺吉奥结结巴巴地回答说，"实际上……实际上……您好像是……您使我想起来了……对，对，对，同样的声音……同样的眼睛……同样的头发……对，对，对……您也是深蓝色的头发……跟她一样！啊，我的仙女……啊，我的仙女……请您告诉我一声，您就是……确确实实就是您！别让我再哭下去了！您要是知道就好了……我已哭成这个样子，我经受多少苦难啊！"

皮诺吉奥这么说着的时候，哇的一声大哭起来。他跪倒地上，一下子抱住这位神秘而娇小女子的膝盖。

第二十五章

皮诺吉奥答应仙女要学好，要好好念
书，因为他已讨厌做木偶，愿做个好
孩子。

　　善良的娇小女子一开始说她并不是那位深蓝色头发的仙女，可后来
看到自己被认出来，再不能把这场喜剧继续演下去，就终于承认了事
实，对皮诺吉奥说：

　　"你这个木偶小淘气！你怎么认出了是我？"

　　"我太爱您了，于是认出了您。"

　　"你记得吗？你离开我时，我还是个小女孩，如今我变成了个女人，
真正的女人，几乎能做你的妈妈了。"

　　"我太高兴了，因为这样一来，您就不是我的姐姐了，我要喊您妈
妈了。很久以来，我像所有的孩子一样，渴望有个妈妈！您怎么长得这
么快？"

　　"这里面有个秘密。"

　　"请您告诉我这个秘密，因为我也想长高一点儿。您没看到吗？我

总是矮得这样可怜。"

"但你是不会长大的。"仙女回答。

"为什么?"

"因为木偶从来长不大。他们生下来是木偶,活着的时候是木偶,死了还是木偶。"

"啊!我讨厌老是做木偶!"木偶拍着后脑勺大声喊叫,"现在我要变成一个人……"

"要是你懂得怎样配得上变人,你会变成人的……"

"真的吗?为了配得上变人,我该怎么办?"

"是件再容易不过的事情,只是你得永远是个好孩子。"

"啊,难道我还不是个好孩子吗?"

"根本不是!好孩子听话,而你正好相反……"

"我从不听话。"

"好孩子爱学习,爱劳动,而你……"

"我一年到头游手好闲,四处逛荡。"

"好孩子总是说真话……"

"我总是撒谎。"

"好孩子愿意去上学……"

"我一听到学校这个名字就肚子疼。从今以后我要改邪归正。"

"你向我保证吗?"

"向您保证。我愿成为一个好孩子,还要成为我爸爸的安慰……我那可怜的爸爸这会儿在哪儿?"

"我不知道。"

"我还能有福气重新看见他和拥抱他吗?"

"我相信有，而且我敢打包票。"

听了这个回答，皮诺吉奥高兴得无法形容，抓住仙女的手狂吻起来，简直到了忘乎所以的地步。然后他抬起头，含情脉脉地望着仙女问道：

"我的好妈妈，这么说，请您告诉我，说您死了，这不是真的，对吗？"

"好像不是真的。"仙女笑吟吟地回答。

"你要知道，当我读着'这里长眠着……'时，我多么伤心难过啊！我的嗓门都给堵住了！"

"这个我知道。正因为这样，我才原谅你。你的痛心是真挚感情的流露，这使我知道，你心地善良。一个心地善良的孩子，即使他有点儿淘气，有些坏毛病，也总是有某些希望的，也就是说，总有希望重新走上正道的，这就是我之所以来这里寻找你的原因，我要做你的妈妈……"

"啊！太好啦！"皮诺吉奥高兴得跳起来大喊大叫。

"你要听我的话，永远照我说的去做。"

"我愿意！我愿意！我愿意！"

"从明天起，"仙女接着说，"你开始上学去。"

皮诺吉奥马上变得不那么高兴了。

"以后你可随意选择一种手艺或者一个职业……"

皮诺吉奥板起了面孔。

"你在嘟囔什么呀？"仙女用满不高兴的声调问。

"我是说……"木偶轻声细语地哼哼唧唧说，"我是说如今才去上学，我觉得已经有点晚了……"

"不能这么说。你要牢牢记住：读书和学习从来都不会晚。"

"可我不愿意学手艺，也不愿意干活儿……"

"为什么？"

"因为我觉得干活儿太苦太累。"

"我的孩子，"仙女说，"凡是说这种话的人几乎都落个这样的下场——不是进监狱就是进医院。告诉你，一个人不管生下来是富人还是穷人，都得在这个世界上做点什么事儿，干点活儿，都得劳动。染上懒惰的坏习惯都没有好结果！懒惰是最恶性的疾病，务必从小就治好它，要不，长大了再不会治好了。"

这些话深深打动了皮诺吉奥的心灵，于是他高兴得抬起头来，对仙女说：

"我要学习，要劳动，要照你说的一切去做，因为总而言之，木偶的生活真是烦死我了，我要不惜一切代价地变成一个孩子。你答应我了，对吗？"

"我是答应了你，现在要看你的了。"

第二十六章

皮诺吉奥跟他的同学到海边去看可怕
的鲨鱼。

第二天，皮诺吉奥就上了市立学校。

请诸位想一想，那些一个个淘气的孩子看到一个木偶来到他们的学校，会怎样掀起轩然大波吧！他们乐得开怀大笑，笑得没完没了。有的跟他开这样的玩笑，有的跟他开那样的玩笑，有的顺手摘他的帽子，有的从背后拉他的短上衣，有的想用墨汁在他的鼻子下面画两撇八字胡，有的甚至想用线绳绑住他的脚和手，好让他跳舞取乐。

开始他从容不迫、满不在乎，可后来终于忍无可忍，向那些最叫他讨厌、拿他取乐最凶的人转过身子，板起面孔说：

"孩子们，要千万小心啊！我到这里来可不是给你们当小丑玩的，我尊重别人，也希望别人尊重我。"

"好一个魔鬼！你说出来的话就像一部印出来的书！"那些调皮鬼大喊大叫，还捧腹大笑，其中一个最鲁莽的孩子竟伸手去抓木偶的鼻子尖。

可他还没来得及抓住，皮诺吉奥就在桌子下面伸出腿来，朝他的胫骨上狠狠踢了一脚。

"哎哟！多硬的脚呀！"那孩子疼得直叫唤，并揉搓被木偶踢得青肿的部位。

"什么样的胳膊肘呀！比脚还硬！"另外一个说，因为他开粗鲁的玩笑，肚子被木偶的胳膊肘狠狠顶了一下。

事实上，经过脚这么一踢，胳膊肘这么一顶，皮诺吉奥马上赢得了学校全体学生的尊重和同情，大家百般地爱抚他，打心眼里喜欢他。

老师也夸奖他，因为他专心听讲、学习用功、聪明机灵，总是第一个进校，放学又是最后一个离校。

他唯一的缺点是跟太多的同学常来往，其中有不少是因为不爱读书和惹是生非而人人皆知的调皮鬼。

老师天天好言相劝，善良的仙女也不厌其烦地一再对他说：

"皮诺吉奥，你要当心啊！你的那些同学早晚有一天会让你失去对学习的兴趣，也许会让你惹出什么大祸来的。"

"没关系！"木偶耸耸肩回答，还用食指点点前额，好像在说："这里面有判断力呢！"

这一天终于来到了。上学的路上，皮诺吉奥遇到那一群坏同学迎面向他走来，并问他；

"你知道有一条特大新闻吗？"

"不知道。"

"这里的附近海域来了一条大鲨鱼，大得像座山。"

"真的吗？是吞掉我可怜的爸爸的那条鲨鱼吗？"

"我们到海边去看一看。你愿跟我们去吗？"

"我不去，我要上学去。"

"上学有什么要紧的？明天再去上学吧。多上一堂课，少上一堂课，都是一个样，反正都是蠢驴。"

"老师会说什么呢？"

"让他们去说吧。老师领了薪水，就是专门为了整天喋喋不休的。"

"我妈妈会说什么呢？"

"妈妈什么也不知道。"那些讨人嫌的孩子回答说。

"你们知道我怎么办吗？"皮诺吉奥说，"出于某种理由，我愿意去看看鲨鱼……不过，我下了课才能去。"

"可怜的傻瓜！"一个坏孩子说，"你真以为那条大鲨鱼会在那儿恭候你的光临吗？它一旦给惹烦了，便会不管不顾地游到别处去，那样，谁也休想看到它。"

"从这里到海边需要多长时间？"木偶问。

"来回一个钟头。"

"那就走吧！谁跑得最快，谁就是英雄好汉！"皮诺吉奥喊道。

起跑信号一喊，这群调皮的孩子便把书和作业本夹在胳膊肘下，向田野跑去了。皮诺吉奥跑在大家的前面，好像脚上长了翅膀。

他时而回过头来，嘲笑远远落在他后面的同学。看到他们气喘吁吁，上气不接下气，浑身尘土，连舌头都露在外面，就情不自禁地开心笑起来。这时候，这个倒霉鬼还不知道有什么可怕的事情和恐怖的灾难会降临到自己的头上呢！

第二十七章

皮诺吉奥跟他的同学大打出手。一个
同学受伤,皮诺吉奥被警察抓走。

　　皮诺吉奥来到海边,马上朝大海望去,但没看到什么鲨鱼,大海平滑得如一面水晶制成的镜子。

　　"喂,鲨鱼在哪儿?"皮诺吉奥转身问同学。

　　"吃早饭去了。"其中的一个笑呵呵地回答。

　　"啊,可能到床上打瞌睡去了。"另一个接着说,笑得前仰后合。

　　从这些语无伦次的回答和莫名其妙的笑声里,皮诺吉奥明白过来了,原来是他的同学在戏弄他,让他去相信一件根本不是真实的事情。于是,他大为恼火,气急败坏地质问他们说:

　　"现在怎么办?你们要我相信有关什么鲨鱼的鬼话,这到底是什么意思?"

　　"当然有意思!"这些调皮鬼异口同声回答说。

　　"什么意思?"

"意思就是让你不去上学，让你跟我们一块儿走。你天天这样按时到校，那么一丝不苟，那样勤奋好学，你不觉得害臊吗？不知为什么，像你那样学而不厌，你不觉得害臊吗？"

"我学习跟你们有什么关系？"

"关系大极了，因为你使我们在老师面前树立了很坏的形象……"

"为什么？"

"因为那些爱学习的人总让像我们这些不爱学习的人相形见绌、丢了面子。我们不愿丢面子！我们也有自尊心！"

"那么，我该怎样做才叫你们开心呢？"

"你应该讨厌学校、讨厌功课、讨厌老师。这是我们的三大敌人。"

"要是我愿意继续读书呢？"

"我们就不理睬你了，一有机会，我们就跟你算账！"

"说真格的，你们让我笑掉了大牙。"木偶摇摇头说。

"呸，皮诺吉奥！"孩子中最大的一个走到他跟前，大喝一声说，"你别来这儿吹牛，别来这儿狂妄自大、耀武扬威！要是你不怕我们，我们也不怕你！请记住，你只是一个人，我们是七个人。"

"你们是七大罪人①。"皮诺吉奥哈哈大笑说。

"大伙儿都听到了吗？他竟然辱骂我们来了！把我们比做七大罪人！"

"皮诺吉奥，你得罪了我们，快向我们道歉吧……要不，你要倒霉的！"

"咕咕！"木偶叫着，用食指点点鼻子尖，以示嘲笑。

"皮诺吉奥！你将落个不好的下场……"

"咕咕！"

---

① 根据基督教的戒律，指罚入地狱的七大重罪：激怒，懒惰，傲慢，淫欲，吝啬，贪食，嫉妒。

"我将像揍蠢驴那样来揍你……"

"咕咕！"

"你要带着被打坏的鼻子回家……"

"咕咕！"

"现在我给你一个'咕咕'！"调皮鬼中最鲁莽的一个大叫，"你接住这个家伙，拿回去当今天的晚饭吃吧。"

他这样说的时候，就朝皮诺吉奥的头上打了一拳。

正如人们常说的那样，一报还一报。果然不出所料，木偶也马上回敬了一拳。这样你一拳，我一拳地打起米，他们大打出手，越打越凶。

皮诺吉奥尽管孤立无援，可像个英雄那样自卫着。他用那硬邦邦的木头脚左右开弓，踢得干净利索，一直踢到使他的对手敬而远之。他的脚所到之处，总是给对手留下纪念品——青一块紫一块的道道伤痕。

这样，坏孩子无法直接跟他交手，气得要死，于是想到最好还是扔东西。他们解开书包，纷纷向木偶掷去拼音课本、语法书、《吉亚纳提诺》①、《米努佐罗》②、《图瓦尔③的故事集》、《巴琪尼④的丑小鸡》以及其他教科书，但是木偶眼疾手快，总能及时躲开。这样，扔过来的书本从他头上飞过去，全部落到海里。

请诸位想一想那些鱼是怎样的反应吧！鱼以为这些书是可以吃的东西，于是争先恐后地成群成群跃出水面，可咬了几页，又咬咬一些

---

① 作者科罗迪的一部描写儿童生活的书，该书当时是学校的教科书。

② 作者科罗迪的另一部作品，也是学校的教科书。

③ 彼得·图瓦尔（1809—1861），意大利著名教育家和文学家。

④ 依达·巴琪尼（1851—1911），意大利著名女教育家。

封面，马上吐了出来，撅撅嘴巴，好像要说："这不是我们要吃的东西，我们吃惯了比这更好的东西！"

这时候，孩子们打得越来越厉害了。一只肥大的螃蟹从水里慢腾腾地爬到海滩，用患了重感冒的大喇叭似的粗嗓门喊道：

"别打了，你们这些捣蛋鬼！孩子们这样动手打架是没有什么好结果的，总是要惹祸的！

可怜巴巴的螃蟹！它这等于是在对牛弹琴。皮诺吉奥这个调皮鬼转身恶狠狠地望着它，蛮横无理地说：

"讨厌的螃蟹，你放老实点儿，别吱声！你最好去吃两片地衣药，把你那因伤风感冒引起的喉炎给治一治。你倒不如上床去，想办法发发汗！"

这时候，孩子们已把自己的书全部扔完。当他们看到木偶的书包放在不远的地方时，说时迟，那时快，便一窝蜂似的跑上去，把书包抢回来据为己有。

在木偶的书中间，有一部书是用粗糙的厚板纸装订起来的，而书脊和书角是用羊皮纸漆起来的，这部书叫《算术运算规则》。诸位想一想这部书该有多重吧！

一个调皮鬼抄起这部书，对准皮诺吉奥的脑袋使劲地砸过去，但没有击中木偶，反而落在一个同学的头上。这个同学的脸顿时煞白得像浆洗过的一件衣服，只叫了几声：

"哎哟，我的妈哟！快救救我吧……因为我要死了！"

然后他直挺挺地倒在沙滩上。

孩子们看到同学死了，个个露出惊慌失措的神色，拔腿就跑，转眼就不见了。

可皮诺吉奥并没有跑走，尽管他又痛心又害怕，吓得半死不活，还是跑到海边，用小手帕沾湿了海水，回来敷在这位可怜同学的太阳穴上。他伤心绝望得号啕大哭，还呼喊着同学的名字说：

"埃伍杰尼奥……我的可怜的埃伍杰尼奥啊……你睁开眼睛看看我……你为什么不回答我？要知道，不是我把你弄成这个样子的！请你相信我，确实不是我！埃伍杰尼奥，你睁开眼睛……要是你闭上眼睛，我也不活了……啊，我的上帝！这会儿我怎么回家呀……我还有什么勇气去见我善良的妈妈呢？我将会有什么结果呢？我逃到哪儿呢……我藏在那儿呢？啊！我要是去上学那该多好哟！那是好上千倍！我为什么要听这些同学们的话……他们是我的冤家对头呀！老师谆谆告诫我……我妈妈不厌其烦地对我说：'你要当心坏同学呀！'可我固执己见……脑袋是木头疙瘩……把大家的话当成耳旁风，总是一意孤行！如今吃尽了苦头……自从我来到这个世界上，就没有过上一刻钟的好日子。我的上帝啊！我将会有什么结果呢？会有什么结果？什么结果？"

木偶哭个不停，声嘶力竭地喊着，用拳头捶打自己的脑袋，呼叫着可怜的埃伍杰尼奥的名字，突然听到沉重的脚步声向他走过来。

他转身一看，原来是两个警察。

"你干吗这样躺在地上？"警察问皮诺吉奥。

"我在救护我的同学。"

"他生病了吗？"

"可能吧……"

"不仅仅是病了吧！"一个警察说着，弯下腰身仔细端详埃伍杰尼奥，"这个孩子的太阳穴受伤了，这是谁干的？"

"不是我……"木偶结结巴巴地说，连气都不再喘了。

"不是你，那是谁把他打伤的？"

"反正不是我。"皮诺吉奥又说了一遍。

"是用这本书打的。"木偶说着，从地上捡起那本用厚板纸和羊皮纸装订起来的《算术运算规则》，递给警察看。

"这本书是谁的？"

"是我的。"

"这就足够了，不需要别的什么了。快站起来，跟我们走。"

"可我……"

"跟我们走！"

"可我是无辜的呀……"

"跟我们走！"

临行前，警察叫住这时正好乘小船经过岸边的几位渔民，并对他们说：

"我们把这个头部受伤的孩子托付给你们，请带回你们家救护一下，明天我们再来看看他。"

然后他们朝皮诺吉奥转过身来，把他夹在中间，用警察的口气吓唬他说：

"向前走！走快点儿！要不，对你没有什么好处！"

没等他们说第二遍，皮诺吉奥就在通往村子里的小道走了起来。这个可怜的小家伙，连他自己也不知道到底走向什么样的地方。他觉着是在做梦，而且是一场噩梦！他不能克制自己，眼睛看到的东西都是重叠的，两腿哆嗦，舌头顶着上腭，连一句话也说不出来。然而，尽管他呆若木鸡、迷迷糊糊，还是觉得芒刺在背，如同针扎似的难以忍受，因为他想到自己必须夹在两个警察中间，从仙女家的窗户下走过。这样一想，他宁愿死掉好！

他们走到村旁，眼看就要进村了，突如其来的一阵狂风刮走了皮诺吉奥的帽子，刮了足足有十几步远。

"我要去捡回自己的帽子，"木偶问警察，"你们同意吗？"

"去吧，不过要快回来。"

于是，木偶走过去捡起帽子……可他并没有把帽子戴在头上，而是放到嘴里，用牙咬着，然后，飞速向海滨跑去，快得像一颗刚射出的子弹。

警察觉得很难追上他，便放出一条大的猛犬去追赶，这猛犬在赛狗中还得过头等奖。皮诺吉奥跑在前面，可猛犬比他跑得快。人们把头伸出窗外，街上也挤满了人，急切地想看看这场激烈的比赛会有什么样的结果，但是他们的愿望并没有得到满足，因为猛犬和皮诺吉奥一路上掀起的尘埃滚滚飞扬，几分钟后什么也看不见了。

第二十八章

皮诺吉奥冒着像鱼那样被煎的危险。

这场绝望的赛跑已到了紧要关头。皮诺吉奥认定要输了，因为要知道，阿里多罗（猛犬的名字）不顾一切地跑呀，追呀，眼看要追上了。

只说一点就够了，狗离木偶仅有一巴掌远。他听到猛犬在身后大口大口喘着粗气，甚至感到了它呼吸的热气。

幸运的是海岸已近在眼前，离大海只有几步远了。

刚到海边，木偶像小青蛙似的"扑通"一声，跳进水里。阿里多罗也想停住脚步，可由于奔跑的冲击力太大，一下子也落到水里。但是，这个倒霉的家伙不会游泳，于是两条腿马上胡乱扑腾起来，企图浮出水面，可越挣扎，脑袋就越往水下沉。

当这只可怜的狗的脑袋刚刚重新露出水面时，它吓得两只眼瞪得滴溜儿圆，猖猖狂吠起来：

"我快淹死了！我快淹死了！"

"那就胀破肚皮死掉吧！"皮诺吉奥从远处回答。他觉得现在自己没任何危险了。

"我的皮诺吉奥，救救我吧……救我一命吧！"

听到这撕心裂肺般的呼救声，心地善良的木偶顿时产生了同情心，转身对狗说：

"要是我救了你，你能保证不再给我添麻烦，不追赶我吗？"

"我向你保证！向你保证！请快帮帮忙吧，因为要是再晚半分钟，我就没救了。"

皮诺吉奥犹豫片刻。他记起了爸爸多次对他说过的话，那就是"做好事从不会吃亏"，于是游到阿里多罗跟前，用双手抓住它的尾巴，把它平平安安地拽到干燥的沙滩上。

可怜的狗站都站不稳，它不情愿地喝了太多的咸水，肚子胀得像个大皮球。然而木偶并不太相信它，认为还是小心为上，于是重新跳入大海。离开海岸时，他大声对救起的狗朋友说：

"再见，阿里多罗！祝你一路顺风，向你一家问好！"

"再见，皮诺吉奥，"狗回答，"多谢你救我一命，帮了我一个大忙。在这个世界上，做了好事总会有善报的。以后如有机会，我们一定要好好地叙叙旧。"

皮诺吉奥一直贴着岸边继续往前游，终于到了一个觉着安全可靠的地方。他向岸上望了一眼，礁石上有个岩洞，从那里冒出一缕很长很长的炊烟。

"岩洞里准有火。"他自言自语，"这真是太好啦！我要到那里烤干衣服，暖和暖和身体，然后呢……然后走着说着吧。"

他决心已下，就向礁石那里游去，可爬到礁石上，听到水下有什么东西升腾起来，升呀，升呀，一直把他提到空中。他想马上逃走，可来不及了，因为使他觉得不可思议的是，他竟然被围困在一面大大的渔网里，夹在各种各样大小鱼中间，跟其他一切陷入绝望的动物一样，这些动物噼里啪啦地摇动尾巴，拼命挣扎。

　　正在这时候，木偶看见从岩洞里走出一个渔夫，长相奇丑无比，简直是个海怪。他头上长的不是头发，而是一蓬浓密的绿草。他的皮肤是绿的，眼睛是绿的，老长老长的胡子一直向下垂着，也是绿的，他看上去活像一条用后脚直立行走的大蜥蜴。

　　渔夫把网从海里拉上来，满心欢喜地叫着：

　　"真是天遂人愿！今天我可饱餐一顿美味的鲜鱼了！"

　　"幸亏我不是一条鱼！"皮诺吉奥自言自语，又恢复了点点勇气。

　　渔夫把满满的一网鱼提到岩洞。洞里阴暗，被烟熏得黑糊糊的，一口放在岩洞中间的大油锅里正在煎东西，散发出一股股烧灯芯的气味，呛得人透不过气来。

　　"现在，我要看看到底捞到了什么鱼！"绿色的渔夫说着，把烘面包铲似的大手伸进网里，抓出一大把鲱鲤。

　　"多好的鲱鲤啊！"他说着，边看边心满意足地闻个不停。他闻够了，就把鱼扔到一个没有水的盆里。

　　接着，他一次又一次地捞鱼，结果把所有的鱼都捞了出来。他的口水要流了出来，满心欢喜地说：

　　"好吃的鳕鱼！"

　　"美味的鲻鱼！"

　　"可口的鳎鱼！"

　　"精美的鲈鱼！"

　　"名贵的鲲鱼！"

　　诸位可以想象得到，渔夫是怎样乱七八糟地将鳕鱼、鲻鱼、鳎鱼、鲈鱼和鲲鱼统统地扔到盆里去，跟鲱鲤做伴的吧！

　　皮诺吉奥是最后一个留在网子里的。

　　渔夫刚刚把他从网里抓出来，顿时目瞪口呆，绿色的大眼睛鼓得圆圆的，几乎吓破了胆，忍不住叫喊起来：

　　"这是什么鱼？我记不得曾经吃过这种鱼！"

　　他全神贯注地凝视着木偶，等到上下左右打量一番，最后说：

　　"我明白了，准是海螃蟹吧。"

　　皮诺吉奥听到把他比做螃蟹，觉着受了侮辱，就用气愤的语调说：

　　"什么螃蟹不螃蟹的？瞧您把我当成什么啦！告诉您，我是个木偶。"

"木偶？"渔夫反驳道，"说真的，木偶鱼对我来说是个新品种！这样更好！我更愿意吃你。"

"吃我？我不是鱼，您难道不知道吗？你难道听不见我说话、跟您讲理吗？"

"千真万确。"渔夫接着说，"鉴于我看你是一条鱼，幸运的是像我一样会说话，又会讲道理，所以我很愿意给你应有的关照。"

"什么关照？"

"为了表示友谊和特殊的尊重，我让你选择你自己想要被烹调的方式。你是愿意在油锅里煎，还是愿意和番茄酱一起在锅里煮？"

"老实说吧，"皮诺吉奥回答，"要是必须让我选择，我宁愿获得自由，能回到我家去。"

"你开什么玩笑！你以为我会放过品尝你这稀有鱼的机会吗？要知道，并不是天天都会在海里遇到一条木偶鱼的。按我说的办。把你跟其他鱼放在油锅里一起煎，你会满意的。有那么多鱼跟你做伴，总是一种安慰。"

倒霉的皮诺吉奥总算听明白了渔夫的真意，又哭又叫又哀求。他边哭边说：

"要是当初去上学，那该多好哟……可我听了同学的话，现在付出了代价！噫！噫！噫！"

因为他像一条鳗鱼那样来回扭动，使出难以相信的力气要挣脱绿色渔夫的手，于是渔夫像捆扎一根香肠似的，顺手拿起一把结实的蒲草，将木偶的手和脚捆绑起来，扔到盆底，跟其他鱼乱七八糟地放在一起。

接着，他拿来满满一大木盘子面粉，开始拌那些所有的鱼，等一条条鱼都慢慢拌好了，就放到平底锅里煎。

第一批在滚烫的油锅里跳舞的是鳕鱼，其次是鲈鱼，接着是鲻鱼、鳎鱼和鳗鱼，最后轮到皮诺吉奥。他感到死期已近（死得真惨啊），直吓得浑身哆嗦，魂不附体，连哀求的声音和气息都没有了。

可怜的木偶恳求饶命，可绿色的渔夫根本不理睬他，把他放在面粉上拌了五六遍，从头到脚拌得严严实实的，活像个石膏木偶。

然后，渔夫提起他的脑袋，就……

第二十九章

木偶回到仙女家。仙女答应他从第二
天起，他就不再是木偶了，而要变成
一个真正的孩子。为了庆贺这件大
事，仙女要举行一个咖啡加牛奶的盛
大午宴。

　　眼看渔夫要把木偶扔进平底锅了，就在这个节骨眼上，一条大狗跑
进了岩洞，它是被垂涎欲滴的香喷喷油煎鱼味吸引过来的。

　　"滚开！"渔夫冲着狗大声威胁说，手里仍然提着拌着面粉的木偶。

　　然而可怜的狗饿得要死，摇着尾巴，汪汪直叫，好像在说：

　　"给我口煎鱼吃，我才不打扰你。"

　　"我要对你说，马上滚开！"渔夫又说一遍，抬起腿给狗一脚。

　　当狗实在太饿时，是不习惯受到这样对待的，连一只苍蝇也容不得
在它鼻子尖上爬，于是，它朝渔夫狂叫起来，并龇开可怕的尖牙。

　　这时候，狗听到一个细弱的声音：

　　"阿里多罗，救救我！要是你不救我，我就给油煎了！"

狗很快就辨认出是皮诺吉奥的声音，并十分惊奇地发现，声音是从渔夫手里提着的面粉团里发出来的。

那么，狗该怎么办呢？它霍地从地上跳起来，咬住那个面粉团子，用牙轻轻地叼起来，急忙冲出岩洞，闪电般地跑走了。

渔夫眼看自己最爱吃的一条鱼被从手中夺走了，顿时气得要死，于是拔腿急起直追那条狗，可刚刚跑出几步，便咳嗽个不停，只好回来。

阿里多罗发现又跑到通往村子里的小路上，就停下来，小心翼翼地把朋友皮诺吉奥放在地上。

"我该如何感谢你呀！"木偶说。

"没有这个必要。"狗回答说，"你曾经救过我，一报还一报，现在是对你的报答，要知道，在这个世界上，大家都要相互帮忙才对。"

"你怎么会到那个洞里去？"

“我一直半死不活地躺在海滩上，一阵风从远处吹来一股油煎鱼味。这香味激起了我的食欲，我闻着香味走。要是我晚到一分钟就完了！”

“别说啦！”皮诺吉奥喊着，还吓得直打哆嗦，“别说啦！你要是晚到一分钟，这会儿我已经给煎了，给人吃了，给消化了。哎哟……一想到这里，我就怕得打寒噤！”

阿里多罗笑起来，并向木偶伸出右爪子，木偶用手紧紧握住它，表示深厚的友情，然后他们告别了。

狗重新上路回家，皮诺吉奥一个人向不远的草屋走去。草屋门前坐着一位老人晒太阳，木偶问他：

“好心的老人家，请您告诉我，您知道一个头部受伤、名字叫埃伍杰尼奥的可怜男孩的事情吗？”

“那孩子曾经被几个渔夫带到这间草屋，现在他……”

“现在他死了？”木偶十分悲痛地打断对方的话问。

“他没有死，现在还活着，已回家去了。”

“真的吗？真的吗？”木偶高兴得跳起来大声说，“这么说，他的伤并不很重……”

“可以说，伤势是很重的，而且是致命伤。”老人回答说，“因为他们是用一本硬板纸装订起来的厚书砸他的脑袋的。”

“是谁砸他的？”

“是他的一个同学，一个叫皮诺吉奥的同学……”

“这个皮诺吉奥是谁？”木偶假装不知道。

“大伙儿都说他是个坏孩子，是个游手好闲的人，是个惹是生非的家伙……”

“造谣！纯属造谣！”

"你认识这个皮诺吉奥吗？"

"跟他见过面！"木偶回答说。

"你看他怎么样？"老人问。

"据我看，他是个很好的孩子，一心想读书，听话，爱他的爸爸和全家……"

正当木偶脸不发红、心不跳地胡乱撒谎时，他摸摸鼻子，发现鼻子又长了一个多手掌，于是非常害怕地叫起来：

"好心的老人家，您可别相信我说的那一切关于皮诺吉奥的好话，因为我太了解他本人了。我向您保证，他真的是个坏孩子，不听话，对什么都没有兴趣，不去上学，跟同学胡闹一气！"

他刚说完这些话，鼻子就缩小了，一下子恢复到原来的样子。

"你的整个身子为什么白成这个样子？"老人突然问木偶。

"告诉您吧……我不小心，在一堵新刷的白墙上蹭成了这个模样。"木偶回答说，他不好意思承认自己被当成鱼拌上面粉，然后准备放进平底锅里去煎的事实。

"啊呀，你的上衣，你的短裤，你的帽子在哪儿？你把它们弄到哪儿去了？"

"我遇到了小偷，他们将我的衣服剥光了。好心的老人家，请告诉我，您能给我一点儿衣服穿穿，好让我回家去吗？"

"我的孩子，要说衣服嘛，我只有一个小袋子，装扁豆用的，你要是愿意，就拿去用吧。喏，这就是。"

皮诺吉奥二话没说，马上拿起装扁豆的空袋子，用剪刀在袋子底部剪开一个洞，在侧面剪开两个洞，当衬衣穿。他轻轻松松穿上后，便动身向村子里走去。

走到路上，他心里并不踏实。真的，他是走一步，又退一步，边走边自言自语：

"我这个样子怎么去见善良的仙女呢？她见了我，会说些什么呢？……她会原谅我这第二次的恶作剧吗……我敢打赌，她是不会原谅我的……啊！她一定不会原谅我的……这是活该！因为我这个捣蛋鬼总是答应要改好，可我从不履行诺言！"

他到村子里的时候，天已黑了。天气很坏，下着倾盆大雨。他径直朝仙女家走去，决定敲敲门，等门开了进去。

但是他一到那里，就觉着没有了勇气。他非但没有敲门，反而跑开二十多步远。然后第二次返回门口，他还是不敢敲门。第三次走过来，还是一事无成。第四次他发着抖，抓住铁门环轻轻地敲门。

他等呀，等呀，等了半个钟头，最高一层（是五层房的家）的窗户终于打开了。皮诺吉奥看见一只大蜗牛探出头来，头上亮着一盏小油灯。蜗牛说：

"你是谁？这会儿你要干吗呀？"

"仙女在家吗？"木偶问。

"仙女睡了，她不想人叫醒，可你是谁？"

"是我！"

"这个'我'是谁？"

"皮诺吉奥。"

"皮诺吉奥是谁？"

"是木偶，就是那个跟仙女住在一家的木偶呀！"

"咦？我明白了。"蜗牛说，"你等一等，我现在下去马上给你开门。"

"求求您快点儿，因为我快要冻死了。"

"我的孩子，我是一只蜗牛，蜗牛是永远走不快的。"

一个钟头这样过去了，两个钟头也过去了，门还是没开，因此，皮诺吉奥又冷又害怕，浑身湿漉漉的，直打哆嗦。他又鼓起了勇气第二次敲门，比上一次敲得更响。

随着第二次敲门声，第五层下面的一层窗户打开了，还是那只蜗牛探出头来。

"美丽的小蜗牛，"皮诺吉奥从下面的街上叫喊，"我已等了两个钟头！这可恶的夜晚，两个钟头要比两年还长，求求您快点儿开门。"

"我的孩子，"蜗牛心平气和、慢条斯理地从窗口大声回答，"我的孩子，我是蜗牛，蜗牛是从来都走不快的。"

窗户"哐啷"一声关上了。

过了一会儿，半夜十二点的钟声敲响。

然后是午夜后的一点，接着是两点，可门依然关着。

皮诺吉奥实在无法忍受了，便气急败坏地抓住门环，用力砸门，整座房子都震动了。可铁门环突然变成一条欢蹦乱跳的鳗鱼，从他手里滑出去，钻进路当中的小水沟不见了。

"噫嘻！怎么回事？"皮诺吉奥气得火冒三丈，大声嚷道，"铁门环不见了，我就接着用脚猛力踢门。"

他往后退了几步，然后冲过去在门上狠狠踹了一脚。这一脚好厉害哟，以至于脚嵌进木门里去了。木偶想拔出腿，可费了九牛二虎之力，怎么也拔不出来，因为脚像敲弯的钉子，深深地插进去了。

诸位想象一下可怜的木偶吧！他必须一只脚立在地上，另一只脚架在半空度过下半夜。

第二天天刚亮，门终于开了。蜗牛这个可爱的小动物从五层爬到临街的大门口，整整用了九个钟头！需要说明的是，它爬得大汗淋漓！

"您那只脚插在门里干什么？"蜗牛笑着问木偶。

"真倒霉，美丽的小蜗牛，您看看有没有办法让我从这难熬的痛苦中解脱出来？"

"我的孩子，这种事非找木匠不可，我从没当过木匠。"

"您去替我求求仙女帮个忙好吗？"

"仙女正在睡觉，她不愿别人叫醒她。"

"您要我一整天插在门里干什么呢？"

"数数路上爬过的蚂蚁来取乐。"

"您起码给我点东西吃吃，我都快饿昏了。"

"马上就来。"蜗牛说。

事实上，过了三个半钟头，皮诺吉奥才看到蜗牛的头上顶着一个银托盘过来。盘子里有一个面包，一只烤鸡和四个熟透的杏子。

"喏，这是仙女送给你的早饭。"蜗牛说。

看到上帝这样开恩，木偶顿时感到十分宽慰。可当他吃起来的时候，他是多么失望啊！他发现，面包原来是白垩做的，烤鸡是硬板纸做的，四个杏子是雪花石膏做好，染上颜色的。

他真想大哭一场，真想破罐破摔，真想把托盘连同上面放的东西统统扔掉。也许由于太伤心痛苦，也许由于饿得要命，他一下子晕倒了。

等他醒来时，已躺在沙发床上，仙女在他身旁。

"这次我同样原谅你。"仙女对他说，"你要是再干坏事，就没有你的好结果！"

皮诺吉奥满口答应照办，发誓要用功念书，要永远学好。在一年余下的时间里，他确实说话算数。事实上，暑假前的期考中，他荣幸地得了班里第一名。他的品德总的说来也是优秀的，令人满意的。仙女满心欢喜地对他说：

"你的愿望明天终于要实现了！"

"这是什么意思？"

"明天你不再是木偶，而要变成一个好孩子了。"

皮诺吉奥听到这个盼望已久的消息时的那种高兴劲儿，谁要是没有亲眼目睹，是绝对不会想象出来的。他的全校的朋友和同学将被邀请参加第二天在仙女家举行的盛大午餐会，以便庆贺这件大喜事。仙女已准备二百个咖啡和牛奶杯，四百个两面涂着黄油的小面包。看起来，明天将是一个极其美好和快活的日子，可是……

真是不幸，在木偶的生活中，经常出现可是，可是的，以至于把什么事情都搞糟了。

第三十章

皮诺吉奥没有变成一个孩子，而是跟他的朋友灯芯偷偷到"娱乐国"去了。

当然，皮诺吉奥马上请仙女答应他去城里走街串巷散发请帖。仙女借机对他说：

"那你就去请同学明天来参加午宴吧。但一定要记住天黑以前回到家，懂吗？"

"我保证一个钟头回来。"木偶回答说。

"皮诺吉奥，你可要注意啊！孩子们答应得非常痛快，可做起来并不常常是说话算数的。"

"我跟别人不一样，我说到做到。"

"等着瞧吧。你要是不听话，准会吃尽苦头的。"

"为什么？"

"因为孩子们不听比他们懂得多的人的劝告，总是要倒霉的。"

"我是深有体会的！"皮诺吉奥说，"可我现在不会重犯错误了！"

"我们要看看你说的是真话还是假话。"

木偶二话没说，告别了可做他妈妈的善良仙女，唱着跳着就出了家门。

仅仅一个多钟头，所有的朋友都请到了。一些人又快乐又满心欢喜地接受了邀请，另一些人一开始还得再三请求一番，可一听说有咖啡牛奶喝，有涂黄油的面包吃，最后都异口同声说：

"为了让你高兴高兴，我们也去。"

现在需要知道的是，在皮诺吉奥的朋友和同学当中，有一个他最亲爱，最讨他喜欢的，名字叫"罗梅欧"，可大家都叫他的绰号"灯芯"，原因是他又干又瘦，细挑的个子简直像晚上小油灯的一根新灯芯。

灯芯是个全校最懒惰、最捣蛋的孩子，可皮诺吉奥偏偏特别喜欢他。事实上，皮诺吉奥马不停蹄地到家里去找他，请他赴宴，没有找到，第二次去找，又没有找到，第三次去找，还是白跑一趟，无功而回。

哪儿能找到他呢？皮诺吉奥东找西找，终于看见他躲在一户农家的门廊里。

"你在这儿干吗？"皮诺吉奥走近他问。

"等到半夜离开这里……"

"到哪儿去？"

"到很远很远的地方去！"

"我到家里找了你三次！"

"你找我想干什么？"

"你不知道一件特大新闻吗？你不知道我交上了好运吗？"

"什么好运？"

"明天我将不再是木偶，要变成一个像你和其他人一样的孩子。"

"这对你太好啦！"

"因此明天我在家里等你共进午餐。"

"可我跟你说，今天晚上我要离开这里。"

"几点钟？"

"马上。"

"到哪儿？"

"到一个国家去……是世界上最美的一个国家，是一个真正人间乐园！"

"叫什么名字？"

"叫'娱乐国'。你干吗不跟我们一起去？"

"我？不行，我真的不去！"

"皮诺吉奥，你这就错了。请相信我的话，你要是不去，会追悔莫及的。你到哪儿去找一个更适合我们这些孩子的国家呢？那里没有学校，那里没有老师，那里没有书本。在那个幸福的国家里，从不要学习，星期四不上学。每星期有六个星期四和一个星期天。你想一想吧，秋假从一月一日开始一直放到十二月的最后一天。就是这样一个国家，我真喜欢她！所有文明的国家都应该像这个国家！

"在这个娱乐国里，人们怎样过日子？"

"从早到晚玩玩具，尽情欢乐。天黑就上床睡觉，第二天早晨从头开始玩，你觉着怎么样？"

"哼！"皮诺吉奥哼了一声，并轻轻点点头，好像在说，"我也想过过这种日子！"

"那么，你想跟我一起去吗？去还是不去？你自己拿主意吧。"

"不行，不行，还是不行。我已向善良的仙女下了保证，要做个好孩子，我要说话算话。再说，太阳正要落下去，我得马上离开你，赶快走了。好吧，再见，祝你一路顺风。"

"你这样急巴巴上哪儿去呀？"

"回家去。善良的仙女要我天黑前回到家里。"

"请你等两分钟。"

"太晚了。"

"只等两分钟嘛。"

"要是仙女骂我怎么办？"

"那就让她骂吧。她骂够了，心里就舒坦了。"灯芯这个捣蛋鬼说。

"你怎么去？是一个人去还是大伙一块儿走？"

"一个人去？有一百多个孩子去。"

"走着去吗？"

"过一会儿，一辆车要经过这里接我，把我们一直送到那个无比幸福的国家去。"

"我多么希望车子这个时候过来呀！"

"为什么？"

"为了看看你们大伙儿一起动身。"

"你在这里稍微等一会儿，便可看见了。"

"不行，不行，因为我要回家去。"

"再等两分钟嘛。"

"我耽搁的时间太长了，仙女在为我操心呢。"

"可怜的仙女！她也许是怕蝙蝠吃掉你吧？"

"那么，"皮诺吉奥又说，"你真的能肯定那个国家一个学校也没有吗……"

"连学校的影子也没有。"

"也没有老师吗？"

"一个人也没有。"

"从来不强迫学习吗？"

"从来都不，从来都不，从来都不！"

"多美的国家！"皮诺吉奥感慨万端地说，觉着口水都流出来了，"多美的国家！我没有到过那里，可我想象得出来！"

"你为什么不去？"

"你撺掇我也是白费力气！我已向善良的仙女下了保证，要做个有

头脑的孩子，我不想食言。"

"好吧，再见！代我向初中的同学致以问候……你在街上见到高中的学生，也代我向他们致敬。"

"灯芯，再见吧。祝你一路平安，玩得快乐，常常记住朋友们。"

木偶这样说的时候，走了两步又停下来，转过身又问朋友：

"你能肯定，那个国家每周有六个星期四和一个星期天吗？"

"完全能肯定。"

"你真能肯定假期一月一日开始一直放到十二月最后一天吗？"

"毫无疑问！"

"多美的国家呀！"皮诺吉奥又说一遍，无限羡慕地流出口水。然后他拿定了主意，急不可耐地说：

"好，真的再见吧，祝你一路顺风。"

"再见。"

"你们什么时候出发？"

"等一会儿！"

"真可惜！要是只有一个钟头，我差不多还能等一等。"

"仙女呢？"

"反正已经晚了！早回去一个钟头，晚回去一个钟头都是一样的。"

"可怜的木偶！仙女骂你怎么办？"

"没办法！让她骂吧。她骂够了，就舒坦了。"

这时候天黑了，黑得伸手不见五指。

突然间，他们看见有一灯光由远及近地移动，还听到了铃铛声和喇叭声，声音又小又闷，仿佛蚊子的嗡嗡叫声。

"到了！"灯芯大叫一声，霍地站起来。

"是谁？"皮诺吉奥低声问。

"车子来接我了。那么，你想去吗？是去还是不去？"

"是真的吗？"木偶问，"那个国家的孩子都不强迫学习吗？"

"从来都不，从来都不，从来都不！"

"多美的国家呀……多美的国家呀……多美的国家呀！"

第三十一章

痛痛快快地玩了五个月后，一天，皮
诺吉奥大吃一惊了。

车子终于到了。车子是没有发出一点声音驶过来的，因为轮子上包着麻絮和破布。拉车的十二对小驴子，它们的个头大小一样，可皮毛各不相同。

有的驴子是灰色的，有的是白色的，有的是灰白斑点的，像是撒上一层胡椒粉和盐，有的是宽大的黄色和蓝色条纹的。

最稀奇古怪的是这十二对小驴子，也就是二十四头小驴子，不像其他拉车驮货的牲畜那样打着铁掌，而是像人那样蹬着白色牛皮小靴子。

那么车夫呢？

请诸位想象一下，他个子矮小，横比竖长，软绵绵、油光光的，如同一个黄油球，小脸鲜亮而红润，小小的嘴巴老是挂着微笑，声音又轻又甜美，好像一只猫要得到女主人的欢心而"咪咪"叫个不停。

所有的孩子一见到他，就喜欢上了他，都争先恐后地去抢占座位，

坐到他的车上，让他带到那个闻名的真正快乐国去。这个国家在地图上
有个诱人的名字，叫"娱乐国"。

　　事实上，车上已坐满八岁到十二岁的孩子，一个压一个，活像无数
条腌制的鳀鱼。他们挤得很难受，连气都透不过来，可没有一个人叫
"哎哟哎哟"，没有一个人抱怨叫苦。他们都感到欣慰，因为要知道，再
过很少的几个钟头，他们都给带到那个国家去，那里没有书本，没有学

校，没有老师，这使他们万分高兴，很能忍耐，不觉得苦，不觉得累，不觉得饿，连睡意都没有。

车子刚刚停下，小矮人车夫便向灯芯转过身来，扮千儿八百个鬼脸，打千儿八百个手势，笑嘻嘻地问他：

"我的可爱的孩子，告诉我，你想去那个幸福国吗？"

"我一定要去。"

"我的亲爱的小宝贝，我告诉你，车上再没一个空位子，你看，全满了！"

"没关系！"灯芯回答说，"车上没位子，我就凑合着坐到车辕上。"

灯芯猛地一跳，就跳上去，骑到车辕上。

"我的亲爱的，你呢？"小矮人车夫彬彬有礼地转向皮诺吉奥问，"你打算怎么办？跟我们一起去还是留下来？"

"留下。"皮诺吉奥回答，"我要回我家去，像所有的孩子那样，我要好好念书，为学校争光。"

"但愿如此！"

"皮诺吉奥！"灯芯说，"听我的吧，跟我们去，我们会玩得很痛快的。"

"不去，不去，不去！"

"跟我们去，我们会玩得很痛快的。"车上的另外四个人同声喊道。

"跟我们去，我们会玩得很痛快的。"车上的一百多个声音同声嚷叫。

"我跟你们去，善良的仙女会说些什么呢？"皮诺吉奥说，心开始变软了，说话也支支吾吾的。

"别想那么多愁事。你想一想吧，我们要到的是这样的一个国家，在那里，我们主宰一切，我行我素，从早玩到晚！"

　　皮诺吉奥没有回答，只是叹一口气，叹第二口气，叹第三口气，终于说：

　　"给我让出点地方，我也要去！

　　"座位全满了。"小矮人车夫回答说，"不过，为了表达你是多么的受欢迎，我可以把自己车夫的座位让给你……"

　　"那您呢？"

　　"我可以步行。"

　　"不，真的不行，我不答应，我宁愿骑在任何一头小驴子身上！"皮诺吉奥喊道。

　　说到做到。他走近第一对驴子右边的那一头，准备骑上去。可这小牲畜突然转过身来，用口鼻狠狠撞击一下他的肚子，撞他个四仰八叉。

　　请诸位想象一下，所有在场的孩子目睹了眼前的情景，他们是如何放肆地哈哈大笑吧。

车夫并不笑。他满怀深情地走近发脾气的小驴子身旁，装出要亲亲它的样子，却一口咬断它半只右耳朵。

这个时候，恼羞成怒的皮诺吉奥从地上爬起来，一跃而起，跳到可怜的驴背上。他跳得那样利索，孩子们顿时不笑了，开始欢呼"皮诺吉奥万岁！"并响起经久不息的掌声。

然而，正在这时，驴子猝不及防地抬起两条后腿，用尽力气猛地一尥蹶子，把可怜的木偶甩到路当中的一堆石子上面。

孩子们于是哈哈大笑，可小矮人车夫依然不笑，装出十分爱怜不安分守己的小驴子的样子，要想亲它一口，却齐刷刷地咬掉它半只左耳朵，然后对木偶说：

"再骑上吧，别怕。这头小驴子的脑子里有古怪的念头，我已附着它的耳朵咕唧了两句，相信它会变得温顺和讲道理的。"

皮诺吉奥又骑上了驴子，车子上路了。可当驴子跑着，车子在卵石大道上疾驰的时候，木偶仿佛听到一个很细很细、刚刚能听得见的声音对他说：

"可怜的糊涂虫，你要这样随心所欲地干下去，是会后悔的！"

皮诺吉奥惊恐不安地东张西望，要看看那声音是从什么地方发出来的，可没有见到任何人。小驴子依然奔跑着，车子依然疾驰着，车上的孩子一个个进入梦乡，灯芯像睡鼠那样呼呼大睡。只有小矮人车夫坐在座位上，从牙缝里哼出小曲：

夜里大伙儿睡大觉，

可我从来都不睡……

车子又走半公里，皮诺吉奥又听到那个很细很细的声音对他说：

"大傻瓜，你要牢牢记住！那些辍学的孩子厌倦书本，看到学校绕道走，翻脸不认老师，贪玩，尽寻开心娱乐，到头来只能倒大霉！我对此是深有体会的……这个教训我可以告诉你！终有一天，你会像我今天这样哭鼻子的……可那时你就晚了！"

听到这细声细气的耳语，木偶感到从来没有这样害怕过，于是从驴背上跳下来，一把抱住驴的口鼻。

当木偶发现驴子在抽泣，哭得像个小孩子那样伤心，诸位想象一下他是多么惊奇吧。

"喂，车夫先生，"皮诺吉奥对车夫高声喊道："您知道出了什么新鲜事儿吗？这头驴在哭呢。"

"随它哭吧。等它娶了媳妇就会笑的。"

"也许您教他学过说话吧？"

"没有，是它自己学会嘟囔几句话的，因为它在一群受过驯养的狗那里待过三年。"

"可怜的小驴子！"

"快走，快走。"小矮子车夫说，"别耽搁我们的时间来看驴哭了。骑上吧，我们走了。夜晚凉飕飕的，路还长长的。"

皮诺吉奥没吱一声，服从照办。车子重新上路。天亮的时候，他们欢天喜地来到"娱乐国"。

这个国家跟世界上其他任何一个国家都不同。它的居民全是小孩子，最大的孩子十四岁，最小的才刚刚八岁。满街一片欢腾，嘈杂的声波此起彼伏，尖叫声不绝于耳，叫人头昏脑涨，一群群顽童到处可见。有的做抓扔核桃的游戏①，有的打水漂玩，有的玩球，有的蹬脚踏车，有的骑木马，有的捉迷藏，有的相互追着玩，有的穿着丑角的衣服吃着燃烧的麻絮，有的朗诵，有的唱歌，有的翻跟头，有的拿大顶②，有的滚铁环，有的身着将军服，头戴纸盔，悬挂着纸浆制成的佩剑来回溜达闲逛，有的哈哈大笑，有的尖声怪叫，有的呼喊，有的拍手，有的吹口哨，有的学母鸡下蛋唧唧直叫。总而言之，是一片乱糟糟的景象，大吵大闹，像麻雀那样唧唧喳喳，喧嚣的声浪震耳欲聋，耳朵里非得塞些棉花不可，免得给震坏了。所有的广场上，用帆布搭成的小戏台到处可见，那里从早到晚都挤满了儿童。所有房屋的墙上，随时都可读到用黑炭写成的令人啼笑皆非的非常好玩的东西，比如"完具万岁！"（应是"玩具万岁！"）我们不再要学效！"（应是"我们不再要学校！"）"打倒算木！"（应是"打倒算术！"）和其他类似的错误口号。

皮诺吉奥、灯芯以及跟小矮人车夫一起来的所有孩子，一涉足这座城市就马上汇入熙来攘往、混乱不堪的人流中。仅仅几分钟工夫，正如诸位很容易想象的那样，他们很快成了所有人的朋友，难道还有谁比他们更幸福、更高兴吗？

在尽情欢乐和种种消遣中，一个钟头又一个钟头，一天又一天，一个星期又一个星期闪电般地过去了。

"呵！多美的生活呀！"皮诺吉奥每次碰到灯芯，都情不自禁地这么说。

"你看，我说得对吧？"灯芯接过话茬说，"起初你说还不想来呢！

---

① 把几个核桃放在地上或桌子上，用手抓起来向空中抛，谁抛出的核桃再落到自己手上，核桃就归他所有。全部核桃都落到他手上，他就是最大的赢家。
② 用手撑在地上或物体上，头朝下而两脚腾空。

还一直想着回仙女家,把时间浪费在学习上呢!你今天摆脱书本和学校的烦恼,这要归功于我,归功于我的劝告,归功于我的关照,你同意吗?只有真正的朋友才会帮你这么大的忙。"

"灯芯,你说得千真万确!要说今天我是个快乐的孩子,这全是你的功劳。可你知道老师对我是怎样说你的吗?他总是对我说:'别跟灯芯这个无赖常来常往的,因为灯芯是个坏同学,他只是撺掇你去干坏事!'"

"可怜的老师!"灯芯摇摇头回答说,"真不幸,我知道他讨厌我,总是拿造谣中伤我来取乐,可我宽宏大量,总是原谅他!"

"伟大的灵魂！"皮诺吉奥说着，热情拥抱他的朋友，并亲吻他的额头。

五个月转眼过去了。他们不读书，不上学校，整天沉湎于玩乐和消遣，过着安乐美好的日子。当有一天早晨皮诺吉奥醒来时，正如人们常说的那样，发生了一件出乎意料又十分难堪的事情，他的情绪一落千丈。

第三十二章

皮诺吉奥长出两只驴耳朵，然后变成一头真的小驴子，开始像驴一样叫唤。

这是一件什么出乎意料的事情呢？我亲爱的小读者们，我来告诉你们，这出乎意料的事情是：皮诺吉奥醒来后，很自然要抓一下脑袋，一抓脑袋，就发现……

诸位猜猜，他发现什么啦？

他大吃一惊，原来他发现自己的耳朵变得比手掌还长。

诸位知道，从出生起，木偶的耳朵是很小很小的，小得连肉眼都看不见！请诸位想象一下，当他发现耳朵一夜之间变得那样长，长得活像两把芦苇叶做成的大刷子，他该多么惊奇吧。

他马上去找镜子照照自己的尊容，可找不到镜子，于是往洗脸盆里倒上水，对着脸盆一看，看到了他永远不想看的东西，也就是说，脸盆映出了一对绝妙的驴耳朵。

诸位想想，皮诺吉奥是多么苦恼，多么害臊，多么绝望啊！

Loaded

他开始失声痛哭起来，撕心裂肺般地叫喊，头往墙上撞。他越是伤心绝望，耳朵长得越长，长啊，长啊，连耳朵尖都变得毛茸茸的。

听到尖利的叫喊声，住在楼上的一只漂亮的小旱獭来到木偶的房间，看见木偶焦躁不安的样子，就关切地问：

"我亲爱的邻居，你怎么啦？"

"我生病了，我的小旱獭，病得很厉害……我生的这种病叫我真害怕！你会号脉吗？"

"会一点儿。"

"那么，你摸摸我发烧不发烧？"

小旱獭抬起前右掌，号了一下皮诺吉奥的脉搏后，唉声叹气地对他说：

"我的朋友，我不得不遗憾地告诉你一个不好的消息……"

"什么消息？"

"你在发着可怕的高烧……"

"是什么样子的高烧？"

"驴子那样的高烧。"

"我不明白这种高烧是什么意思！"木偶回答，其实他心里太明白了。

"那我给你解释解释。"小旱獭接着说，"要知道，再过两三个钟头，你就不再是个木偶，也不是一个孩子了……"

"那我是什么呢？"

"再有两三个钟头，你将变成一头百分之百的小驴子，跟拉车和向市场上驮运白菜和生菜的驴子没什么两样。"

"哎呀！我真可怜！我真可怜！"皮诺吉奥叫喊着，用手抓住两只耳朵，气愤地又拉又拨，仿佛是别人的耳朵。

"我亲爱的，"小旱獭安慰地说，"你想干吗？这是命中注定的。这是在《智慧书》的条文中早已写清楚了的，就是所有的懒孩子厌倦书本，不爱学校，不爱老师，整天离不开玩具，玩呀，乐呀，迟早都会变成小驴子的。"

"真的会这样吗？"木偶抽泣着问。

"不幸得很，果真是这样！现在哭是无用的，早就该想到会有今天的下场！"

"可这不是我的过错。小旱獭，请相信我的话，错就错在灯芯身上！"

"这个灯芯是谁？"

"我的一个同学。我愿意回家，愿意听话，愿意继续学习，愿意争光……可灯芯对我说：'学习是无聊的，你干吗还要学呢？你干吗要上学呢？还不如跟我到娱乐国去。到了那里，我们就不再学习了，可以从早玩到晚，总是痛痛快快的。'"

"你为什么听这个假朋友的话呢？听这个坏同学的话呢？"

　　"为什么？我的小旱獭，因为我是个木偶，没头脑……没心没肺。啊！我要是有点点心肝，就不会抛弃善良的仙女了。她像妈妈一样爱我，为我做了那么多好事……要是那样，这会儿我就不再是木偶了……我已经跟其他所有孩子一样，是个真正的孩子！我要是碰到灯芯，要叫他吃吃苦头！痛骂他一顿！"

　　木偶准备出去了。正当他要越过门槛时，想起那对驴耳朵，真不好意思在大庭广众之中让别人看到。他编排出什么办法呢？他就拿起一顶大棉帽戴在头上，一直将帽檐拉到鼻尖下面的地方。

　　他这才跨出门外，开始到处找灯芯。他在大街上找，在广场上找，在小戏院里找。他到处找，还是找不到。他在街上见人就问，可谁都没有见过灯芯。

　　于是他到灯芯住处去找，到了他的住处就敲门。

　　"是谁？"灯芯在屋里问。

　　"是我！"木偶回答。

"等一等，我就给你开门。"

过了半个钟头，门开了。诸位想象一下皮诺吉奥该有多么惊奇吧。他走进屋子，看见他的朋友灯芯也戴顶大棉帽子，也一直拉到鼻子下面。

一看到那顶帽子，皮诺吉奥就感到稍微宽心一些，心里马上想：

"我的朋友怎么也跟我生一样的病？难道他也在发驴子的高烧吗？"

他假装什么也没看见，笑吟吟地问他；

"我亲爱的灯芯，你好吗？"

"好极了，好得就像一只耗子生活在一块帕尔马乳酪里。"

"你这是真心话吗？"

"我干吗要说谎呢？"

"对不起，朋友，那你头上为什么戴一顶大棉帽子，把你的耳朵全都盖住了？"

"医生要我戴的，因为我的膝盖不舒服。亲爱的木偶，那你为什么也戴一顶大棉帽，一直拉到鼻子下面呢？"

"也是医生要我戴的，因为我的一只脚蹭破了皮。"

"啊！可怜的皮诺吉奥！"

"啊！可怜的灯芯……"

说完这些话，是一段很长很长时间的沉默，两个老朋友只是用讥笑的神情面面相觑。

木偶终于用甜美圆润而很细很细的声音对同学说：

"我亲爱的灯芯，我想满足一下自己的好奇心，请问你的耳朵从没害过病吗？"

"从来没有……你呢？"

"从来没有！然而从今天早晨起，我一只耳朵痛得好难受。"

"我也生了同样的病。"

"你也是？你是哪只耳朵痛？"

"两只都痛，你呢？"

"也是两只都痛，难道是害了同样的病？"

"我怕的就是这个。"

"灯芯，你能答应我一件事吗？"

"很愿意！打心眼里乐意。"

"让我看看你的耳朵行吗？"

"为什么不行呢？亲爱的皮诺吉奥，可我要先看看你的。"

"不行，先看你的。"

"不行，亲爱的小宝贝，先看你的，后看我的！"

"好吧。"木偶于是说，"我们要搞个君子协定。"

"说出来听一听。"

"我俩同时摘掉帽子，同意吗？"

“同意。”

“那好，准备！”

皮诺吉奥开始大声数：

“一！二！三！”

喊到“三”时，两个孩子同时取下头上的帽子抛向空中。

这时候眼前出现的场面要不是真的，简直是不可相信的。这就是皮诺吉奥和灯芯看到两个人遭到同样的不幸时，并不觉得受到侮辱和有什么伤心痛苦，而是开始对着很长很长的耳朵相互眨巴眨巴眼，粗鲁的话胡说一大通，最后捧腹大笑起来。

他们笑呀，笑呀，笑得前仰后合，笑得快站不住了。然而，灯芯笑得最最开心的时候，突然不笑了，摇摇摆摆的，脸色大变，对朋友说：

“皮诺吉奥，救命啊，救命啊！”

“怎么回事？”

“哎哟！我的两条腿再也站不住了。”

“我也站不住了。”皮诺吉奥又喊又哭，身子也摇晃起来。

当这样嚷嚷叫的时候，他们两个都弓着身子趴在地上，用手脚爬着走，开始在屋子里满地跑起来。他们跑着跑着，两只手臂变成了腿，脸也拉长，变成了驴脸，背上覆盖着亮光光的灰色毛皮，并夹杂着黑色斑点。

诸位可知道，这两个倒霉鬼最难堪的是什么时候吗？是觉得屁股后面长出了尾巴。他们又害臊又伤心，情不自禁地失声痛哭起来，抱怨自己的命运不佳。

早知今日，何必当初？最后他们连呻吟抱怨也办不到了，发出来的是驴子的叫声。他们同声响亮地大叫"咳哟，咳哟，咳哟"。

这时候有人敲门，门外一个声音说：

"开门！我是小矮人，我是带你们到这个国家来的车夫。快开门，要不，你们会倒霉的！"

第三十三章

皮诺吉奥变成一头真驴，被牵去卖。马戏团的一位班主将他买去，教他学跳舞，学钻铁圈。有一天晚上，他跌坏了脚，另一个人又将他买去，要用他的皮来做鼓。

小矮人车夫见门总不开，就狠狠一脚把门踹开，走进屋子，还是笑眯眯地对皮诺吉奥和灯芯说：

"好孩子们！你们学驴叫学得好，我从声音里马上认出了你俩，所以我就上这儿来了。"

听到这些话，两头小驴子灰心丧气，耷拉着脑袋，耳朵下垂，尾巴夹在两条腿中间。

小矮人先捋捋他们的毛，抚摸他们，拍拍他们，亲热一番，然后取出一把刷子，动手细心地刷他们。他刷来刷去，把毛皮刷得亮光光的像两面镜子，给他们套上缰绳，牵到集市上去，想卖掉他们，好捞一大笔钱。

　　事实上，马上就来了买主。

　　灯芯被一个农民买走，农民的驴子前一天刚刚死去。皮诺吉奥被卖给一个马戏杂技团的班主。班主买下他是为了训练他，让他跟马戏杂技团的其他动物一起又跳又舞。

　　我的小读者，这会儿你们该知道小矮人是干什么职业的吧？这个可恶家伙的面孔像奶液那样滑润，像蜜一样甜，他经常赶着车到处转悠，一路上用种种的许愿和甜言蜜语把厌倦书本和学校的懒孩子收罗起来，坐到车上，将他们带到"娱乐国"，让他们在那儿尽情地玩耍和娱乐，过上一段快快活活的日子。等到这些沉溺于幻想的可怜孩子总是贪玩，从不读书，结果变成驴子后，于是他满心欢喜，俨然以他们的主人自居，把他们带到集市和市场上出售。这样，在短短的几年内，他捞了很多钱，成了百万富翁。

　　灯芯以后的遭遇我不知道，然而皮诺吉奥的遭遇我是一清二楚的。

他一开头就过上了艰难困苦的生活。

皮诺吉奥刚被带进马厩里，新主人就给他的槽里添上满满的麦秸，可皮诺吉奥刚刚尝了一口，就吐了出来。

主人嘟囔几句，给他的槽里加些干草，可皮诺吉奥照样不喜欢吃。

"呵！干草你还是不喜欢吃？"主人气愤地叫起来，"不吃就不吃吧，我的小驴子，你要是再耍小孩子脾气，看我如何收拾你！"

为了教训教训皮诺吉奥，主人马上朝他两条腿上抽了一鞭。皮诺吉奥疼痛难忍，号啕大哭地直嚷嚷说：

"咳哟，咳哟，麦秸我消化不了！"

"那你就吃干草！"主人回答说，因为他完全能懂得驴子的语言。

"咳哟，咳约，干草叫我肚子疼！"

"像你这样一头驴子，难道你还奢望我拿鸡胸肉和冷藏的阉鸡来喂你吗？"主人越说越气愤，又噼里啪啦地给他一鞭。

皮诺吉奥挨了第二鞭，变得谨小慎微了，马上安静下来，什么也不说了。

于是马厩的门关上，留皮诺吉奥独自一个在里面。他有几个钟头没吃什么了，因为饿得要命，便打起呵欠来。一打呵欠，他嘴巴张得大大的，如同一个火炉口那样。

他找来找去，槽里别的什么东西也没找到，最后只好忍着嚼点干草。他细细咀嚼一番后，就闭上眼睛吞咽下去。

"这干草并不坏。"他自言自语，"我要是继续学习，情况就会好得多！这会儿我就不是吃干草，而是吃一小块新鲜面包和一大片香肠了……没办法，只好忍耐着……"

第二天早晨醒来后，他马上在槽里找些干草，可没找到，因为夜间干草给吃光了。

于是他吃一口切碎的麦秸。他嚼着的时候，想必发现切碎的麦秸的味道既不像米兰式炒饭①，又不像那不勒斯式通心粉②。

"只好忍耐着！"他继续嚼的时候，又说一遍，"我的不幸遭遇至少可以教训教训所有不听话和不想学习的孩子们。只好忍耐着！只好忍耐着……"

"忍耐值几个钱！"主人恰在这时进入马厩，吼叫着说："我的漂亮的小驴子，你难道以为我买你只是供你吃喝吗？我买你是为了让你干活儿，还为了让你给我赚一大笔钱。你要好好干！跟我到马戏团去，我教你跳圈，用头顶破纸桶，用两条后腿直立起来跳华尔兹舞和波尔卡舞。"

不管可怜的皮诺吉奥愿意不愿意，他必须学会这一切精彩的把戏。为了学会这些把戏，他学了整整三个月的课程，身上挨了无数次皮鞭，皮毛都给打掉了。

这一天终于到来。他的主人宣布可以演出一场真正精彩的节目了。大街小巷的每个角落都张贴着五颜六色的海报，上面写着：

盛大演出

今晚

本团全体演员

成双成对的骏马

演出传统保留的杂耍

精彩的节目

---

① 意大利米兰的著名食品，用米配黄油、帕尔马奶酪和藏红花炒成。
② 意大利那不勒斯的著名食品。

另加

享有盛名的演员

舞蹈明星

小驴子皮诺吉奥

首次登台献艺

戏院亮堂得如同白昼

正如诸位想象的那样，当天晚上演出前一个钟头，戏院已座无虚席。不管付出怎样的高价，也找不到一张安乐椅，一个雅座，一个包厢位子了。

戏院的小台阶上，像蚂蚁似的挤满了小男孩、小女孩和各种不同年龄的孩子。他们心急火燎地要看看大名鼎鼎的小驴子演员皮诺吉奥是怎样跳舞的。

节目的第一部分刚一结束，身着黑色燕尾服、白色紧身裤、齐到膝盖的皮制靴子的马戏团班主出现在拥挤的观众面前，躬身一拜，用极其严肃的声音开始了下面满篇错误的讲话：

"尊敬的观众，骑士们和贵妇人们！

鄙人路过贵市，愿意万分荣幸地、并怀着无比喜悦的心清（心情）向聪慧和尊贵的观众介绍一头久负盛名的小驴子。他曾荣幸地为欧洲各主要宫庭（宫廷）的皇帝陛下表演过舞蹈。

敬请各位踊跃参加，莅临指导，多多包涵，不胜感激。"

他的这番话博得了阵阵笑声和经久不息的掌声。当小驴子皮诺吉奥出现在戏院中央时，这掌声一阵高过一阵，变成了暴风雨般的响声。小驴子皮诺吉奥身着节日盛装：他套着亮光光的崭新皮缰绳，上面镶着环舌和黄铜球饰，耳朵上插着白色山茶花，鬣毛编成一绺绺小卷毛，用红绸蝴蝶结捆扎着，一条宽大的金银饰带束在腰间，尾巴是用紫红色和天蓝色的天鹅绒带子给编织起来的。一句话，是一头人见人爱的小驴子！

班主在向观众介绍小驴子时，又说了下面一通话：

"我尊敬的观众！我此时此刻将不向诸位编造什么诺言。这头哺乳动物在热带原野上翻山越岭自由自在吃草时，我曾历尽艰辛、克服重重困难来了解他的习性并驯服他。我请诸位注意一下他眼睛里流露出来的粗野之光。为了驯服他，使他像四脚的文明动物那样生活，我用尽一切虚荣的手段毫无成效后，不得不借助鞭子的和蔼可亲语言来对付他。我的种种热情并没有换来他对我的爱戴，却大大搅动着我的心弦。我遵循威尔士[1]的理论，在他的颅骨上发现一块小小的软骨，巴黎医学院断定它是头发和出征舞的再生球[2]，因此我愿教他学跳舞、跳圈和钻饭桶。请诸位欣赏吧！然后请诸位评论吧！不过，先生们，我告辞诸位之前，请允许我邀请诸位来看明晚的表演，万一是下雨的天气，那就不是明晚，要推迟到（应是提前到）明天上午，也就是午前十一点。"

说到这里，班主又一次深鞠一躬，然后转身对皮诺吉奥说：

"皮诺吉奥，大胆些！表演前，先向这些尊敬的观众、骑士们、贵妇人和孩子们鞠个躬，行个礼吧！"

皮诺吉奥照办，马上将两个前膝跪在地上，一直跪到马戏团班主抽响鞭子，对他吼叫说：

"开步走！"

---

① 本是英国的一个地区，作者在这里寓讽班主愚昧无知、胡编乱造。

② 出征舞，古代战争打响前士兵跳的一种舞，也叫祝捷舞。再生球，又名球茎，地下茎的一种，球状，多肉质。这一大段话大多是胡说八道，因此错误百出。

于是，小驴子四脚站起来，开始健步而走，绕着马场转圈子。

过了一会儿，班主又叫：

"快步走！"皮诺吉奥遵命，变开步走为快步走。

"快跑！"皮诺吉奥快跑起来。

"飞跑！"皮诺吉奥飞也似的跑起来。正当他如同骏马飞奔时，班主举起手臂，朝上开了一枪。

小驴子听到枪响，马上装出受伤的样子，直挺挺倒在场上，好像果真快死了。

在一阵阵响彻云霄的欢呼声、喝彩声和掌声中，他从地上站起来，很自然地举目向上观望……他一望，看见包厢里有一位漂亮的太太，脖子上挂着一串很大的金项链，项链上垂着一个大纪念章，上面画着木偶的画像。

"那像就是我啊……那太太就是仙女！"皮诺吉奥心里说，马上认出了她。他满心欢喜，真想大喊大叫：

"啊，我的仙女！啊！我的仙女！"

可他从喉咙里发出来的不是人话，而是驴子的叫声，叫得又响又长，戏院里所有的观众，特别是孩子听后都咯咯笑起来。

于是，马戏班主为了教训教训他，让他懂得大庭广众中乱叫一气是没有教养的，就用鞭杆子在他的鼻子上狠狠敲打了一下。

可怜的小驴子伸出一巴掌长的舌头，把鼻子舔了至少五分钟，也许他相信这样可以减轻些疼痛。

当他第二次转脸向上看时，发现包厢里空空荡荡的，仙女不见了，他是多么的绝望啊！

他觉着自己好像耍死了，眼里噙满了泪水，并始失声痛哭起来。可没任何人发现他在哭，班主更没发现，反而鞭子抽得噼啪作响，对他喝道：

"皮诺吉奥，加油！现在让这些先生们看看你是怎么优美自如跳圈的。"

皮诺吉奥试跳两三次，可每次跳到圈前，不是跳过去，而是从容不迫地从圈底溜过去。最后他纵身一跳，身子是过去了，两条后腿却不幸被圈钩住了。于是他在圈那边摔倒在地，缩成一团。

等他站起来时，脚已跛了，一瘸一拐地勉强回到马厩里。

"皮诺吉奥出来！我们要看小驴子！小驴子出来！"看台上的孩子们大喊大叫，对他的不幸遭遇深表同情。

然而，这一夜晚小驴子没再露面。

第二天早上，一位兽医看过小驴子皮诺吉奥后说，他可能终生腿瘸。

马戏班主对马厩伙计说：

"你要我留下一头瘸腿小驴子干吗？他只会白吃白喝，带到市场上把他卖掉吧。"

到了市场上，马上找到了买主。买主问马厩的伙计说：

"这头瘸驴子你要多少钱？"

"二十个里拉①。"

"给你二十个里拉。你可不要以为我把它买去是干活的，我买它只是要它的皮。我看它的皮很硬，用它的皮我想为我们村的乐队做一面鼓！"

孩子们，当可怜的皮诺吉奥听说自己注定要变成一面鼓时，你们可以想象得到他是多么痛苦啊！

事情是这样的：买主付完二十个里拉，就把小驴子带到海边，在他的脖子上挂一块大石头，用绳子捆住他的一条腿，绳子的另一头抓在手里，然后猛地一推，将他推进水里。

皮诺吉奥同那块大石头一同沉入海底。买主一直用手紧紧抓住绳子，坐在一块礁石上，安心等待小驴子淹死，然后再剥他的皮。

---

① 意大利的货币单位。

第三十四章

皮诺吉奥被推进海里后，给鱼吃掉，重
新变成了木偶。可正当他奋力游着逃命
时，被一条可怕的鲨鱼吞了下去。

小驴子沉入水底过了五十分钟，买主自言自语：

"这个时候，我那可怜的瘸腿的小驴子肯定给淹死了，那我就把他
拉上来，好用他的皮做一面漂亮的鼓。"

于是他开始拉捆着小驴子一条腿的绳子，拉呀，拉呀，最后水面上出现什么啦？请诸位猜猜看。他从水里拉出来的并非一头死小驴子，而是看到一个活木偶，活像一条鳗鱼摇摆着尾巴。

这个可怜的人，一看见是木偶，以为自己是在做梦，顿时给惊呆了，嘴巴张得大大的，眼睛都鼓了出来。

当他从开始的惊慌不安中稍微清醒一点时，就抽抽搭搭地哭起来，并结结巴巴地问：

"我推到海里的小驴子在哪儿？"

"我就是那头小驴子！"木偶笑嘻嘻回答。

"是你？"

"对，是我。"

"啊呀！你这个骗子！难道你要跟我开玩笑吗？"

"跟您开玩笑？绝对不是，亲爱的主人，我跟您讲话是严肃认真的。"

"不久前你还是头小驴子，到水里一会儿变成了木偶，这到底是怎么搞的？"

"这是海水的效应。大海开了这些玩笑。""木偶，当心，你可要当心……你可别暗地里拿我来取乐！你要是让我失去耐心，你可要倒霉了！"

"好吧，主人。你想知道全部事实真相吗？那您解开绳子，我原原本本讲给您听。"

好心肠的买主出于了解事实真相的好奇心，马上解开捆住皮诺吉奥的绳结。皮诺吉奥一下子自由得如同空中的小鸟，开口对他说：

"您知道，我本是个木偶，跟今天一模一样。正当我几乎要变成跟这个世界上所有的孩子一样的孩子时……然而我对学习不大感兴趣，听信坏同学的话，离开了家……有一天我醒来时，发现自己变成了一头

驴，有一对大耳朵……还有一条长尾巴！这真叫我害臊啊！亲爱的主人，但愿赐福的圣·安东尼奥 ① 不会这样使您感到害臊！我被带到驴子市场上去卖，给一个马戏团的头头买走，他想让我变成一个舞蹈明星，一个伟大的跳舞演员。可一天晚上，在演出中，我狠狠跌了一跤，两条腿都摔瘸了。马戏团的头头不知道一头瘸腿驴子怎么办才好，于是把我牵到市场去卖，您就买下了我！"

"真是不幸！我为你付出二十个里拉。啊，谁能偿还我那倒霉的二十个里拉呢？"

"您干吗买我呢？您买我是为了用我的皮做一面鼓！一面鼓！"

"真是不幸！现在我到哪儿再去找一张皮呢？"

"主人，您可别丧失信心。在这个世界上驴子有的是！"

"告诉我，你这个鲁莽的野孩子，你的故事讲完了吗？"

"还没有。"木偶回答说，"还有两句话，说了就完。您买下来我，是准备把我带到这个地方将我杀死。可后来，您出于人道主义怜悯心，宁愿在我的腿上系一块大石头，将我推到海底。这种体贴入微的情感为您争了大光，我将永远感激您。另外，亲爱的主人，您这次未与仙女商量就擅自做出决定……"

"仙女是谁？"

"仙女是我妈妈，她跟所有的妈妈一样。妈妈都极其疼爱自己的孩子，一刻也不离开他们，遇到任何不幸，就热切地帮助照料他们，就算那些由于放荡不羁和品行不好而应该遭到遗弃、自暴自弃的孩子，对他们也毫不例外。我要说，好心肠的仙女一见我有淹死的危险，就

---

① 天主教的圣人之一。意大利是天主教为国教的宗教国，每一个城市、每天的日历上都有一个保护神或圣人的名字，文学作品为了故事情节发展的需要，经常引用任何圣人的名字。

马上派一大群不计其数的鱼到我这儿来。他们真的以为我是一头早已死去的小驴子，于是开始吃我！他们是怎么样的大口咬我哟！我从来都不相信，鱼竟比小孩子们还贪吃！有的吃我的耳朵，有的吃我的嘴巴，有的吃我的脖子，有的吃我的脚皮，有的吃我的鬃毛，有的吃我背上的皮……其中还有一条那样彬彬有礼的小鱼却钟情于我的尾巴，把它给吃掉了。"

"从今以后，"买主惊恐不安地说，"我发誓不再吃鱼肉了。剖开一条鲱鲤或者一条煎鳕鱼，要是发现一条驴尾巴，那真是太恶心了！"

"我跟您有同样的想法。"木偶笑嘻嘻地回答，"不过，您还应该知道，当鱼吃光了我从头到脚的驴皮后，自然就该吃我的骨头了，或者更确切地说，该吃木头了，正如您所看到的那样，我是用很坚硬的木头做成的。可咬了几口后，这些贪吃的鱼马上发现木头对它们来说实在不是好吃的东西，对这种不消化的东西感到恶心，于是，连一句感谢的话也

没说，就扭头四处游走了。这就是为什么当您把绳子拉上来时，看到的是一个活木偶，而不是一头死小驴子，我的故事算给您讲完了。"

"你的故事引不起我的兴趣。"买主勃然大怒，叫道，"我只知道为了买你我花了二十个里拉，我想把钱再捞回来。你知道我怎么办吗？我要把你再带到市场上去，当一块生壁炉的干木头重新卖掉。"

"那您就卖好啦，我很高兴。"皮诺吉奥说。

他这样说着，猛地纵身一跃跳入水中，他愉快地畅游着离开海岸，对可怜的买主大声说：

"再见，主人。您要是需要一张皮做鼓，可记住我呀！"

然后他笑起来，继续游着。不大一会儿，他回过头来，用更响的声音喊道；

"再见，主人。要是您需要点干木头生炉子，请记住我呀！"

事实是，转眼工夫，他已经游出好远，几乎看不到了。也就是说，只看见海面上有一个小黑点，不时地从水中伸出两条腿来，翻着跟头，跳跃着前进，如同一只兴致勃勃的海豚。

皮诺吉奥漫无目的地游着，看见大海中有一块如同白色大理石的礁石，礁石的顶端立着一只漂亮的小山羊，热情地叫着，示意他游过去。

更为奇怪的是，小山羊的毛不是白色的，也不是黑色的，更不是黑白相间的圆形斑点，像其他山羊那样，而是深蓝色的。这种闪亮的深蓝色使他很快回忆起美丽仙女的头发。

可怜的皮诺吉奥，他的心开始跳得越来越厉害了，这一点我请诸位想想吧！于是，他加一把油向白色的礁石游去。他刚游完一半路，突然从水里钻出一头海怪的脑袋，向他游来。海怪的嘴张得大大的，仿佛一个大深潭，三排尖牙就算是画着的，也足以使人毛骨悚然。

诸位知道这头海怪是什么东西吗？

这头海怪正是一条大鲨鱼，就是在这个故事中多次提到的那个庞然大物。由于它制造大量死亡和贪得无厌，绰号叫"鱼和渔民的阿提拉 ①"。

诸位想象得到，可怜的皮诺吉奥一看见这怪物该有多么害怕！他想方设法要摆脱它，要改变路线，想方设法要逃走，可这怪物张着无边的大口，如同闪电一般朝他飞速迎来。

"皮诺吉奥，快游吧，没事！"美丽的小山羊咩咩直叫。

皮诺吉奥用手臂，用双腿和双脚拼命地游。

"皮诺吉奥，快游，怪物要追上来了！"

皮诺吉奥使出全身的力气，不顾一切地飞速游着。

---

① 侵入罗马帝国的匈奴王（406—453），这里指为非作歹的魔王。

"皮诺吉奥，千万小心！怪物要追上你了！这不……追上你了！……请再快点，不然你就完了！"

皮诺吉奥以最快的速度游着，游呀，游呀，游呀，如同一颗出膛的子弹。他已游到礁石旁边，小山羊已经朝大海弯下身子，伸出两条前腿准备把他从水里拉上来……

可为时已晚！怪物已经追上他。怪物深深吸一口气，便将可怜的木偶吸进嘴里，如同吸进一个鸡蛋似的。它贪得无厌，强行把皮诺吉奥一口吞下去，皮诺吉奥到鲨鱼肚子里的时候，给狠狠地撞了一下，撞得昏迷不醒，失去知觉，足足有一刻钟。

当他从惊慌失措中清醒过来时，连自己也弄不明白是怎么回事，是在什么地方。他周围黑漆漆一片，黑得如同脑袋钻进一瓶墨水里。他竖耳倾听，什么声音也没听到，只是觉着有阵阵大风从脸上时而掠过。一开始他并不清楚风是从什么地方刮起来的，到后来才弄明白是从怪物的肺里呼出来的。要知道，鲨鱼患了极其严重的哮喘病，它一呼吸，仿佛刮起了寒冷的北风。

起初，皮诺吉奥暗下决心要鼓起勇气，可尝试几次后，他确信自己禁闭在海怪的肚子里，就开始哭叫起来，流着泪说：

"救命啊！救命啊！喔唷，我真命苦！没任何人来救我吗？"

"倒霉鬼，谁愿救你？"一个沙哑的声音在黑暗中说，声音像走调的吉他发出来的。

"是谁这样说的？"皮诺吉奥问，觉着自己吓得直打寒噤。

"是我！我是可怜的金枪鱼，跟你一道被鲨鱼吞进来的，你是哪种鱼？"

"我跟鱼毫无关系，我是个木偶。"

"你不是鱼，那你为什么被怪物吞进肚子里？"

"不是我让它吞进去的，而是它将我吞了进去！现在我们在这黑暗中怎么办？"

"听天由命吧，等着鲨鱼把我们两个消化掉！"

"我可不愿意给消化掉！"皮诺吉奥叫嚷着，又抽抽搭搭地哭起来。

"我也不愿意给消化掉，"金枪鱼接过话茬说，"可我是个相当出色的哲学家，我想我生下来是金枪鱼，那么死在水里就比死在油里更体面，这是可以聊以自慰的本钱哟！"

"混账话！"皮诺吉奥吼叫。

"这是我的意见。"金枪鱼回答说，"正如金枪鱼政治家们说的那样，这意见应当受到尊重！"

"无论如何……我也要离开这里……我要逃走……"

"只要你能成功，就逃吧！"

"是这条庞然大鲨鱼将我们吞下去的吗？"皮诺吉奥问。

"你想象一下吧，它的身体比一公里还长，尾巴还没计算在内。"

正当他们在黑暗中说着的时候，皮诺吉奥觉着远远的地方有一点亮光。

"那远远的亮光是怎么回事？"皮诺吉奥问。

"那是我们的患难之交，也像我们一样等着给消化掉……"

"我想去找它。它会不会碰巧是一条能给我们指出逃路的老鱼呢？"

"亲爱的木偶，我衷心地祝你成功。"

"再见，金枪鱼。"

"再见，木偶。祝你走运。"

"我们在哪儿再见？"

"谁知道？……最好还是别想这个了！"

第三十五章

皮诺吉奥在鲨鱼的肚子里重新找到……
找到谁呢？诸位读读这一章便一清
二楚。

皮诺吉奥刚刚跟他的金枪鱼好朋友道完再见，就在黑洞洞的鲨鱼肚子里，一步一步向那个亮着的光点的老远老远的地方摸索着走去。

他走着走着，觉着脚板踩在滑溜溜的油腻水坑里，水散发出一股浓烈刺鼻的油煎鱼味，使他仿佛感到是在大斋期①。

他越朝前走，那光点就越明亮，越清晰可辨。他走呀，走呀，终于走到了。他走到那里……他看到什么啦？我让诸位猜上一千次，也别想猜出来。他看到一张摆满吃的小桌子上，一支点着的蜡烛插在一个绿色的水晶瓶上。桌子旁坐着一个白发苍苍的小老头，头发白得如雪，或者说白得如攒成的奶油。他坐在那里咀嚼着活蹦乱跳的小鱼，小鱼的生命力太强了，有时他吃着的时候，竟从他嘴里跳了出来。

---

① 根据天主教的圣餐仪式，大斋期的星期五要吃鱼。

可怜的皮诺吉奥一看见这个人，就感到莫大的喜悦，意外的高兴，差一点因兴奋过度而昏倒。他想笑，想哭，想说一大堆话，可总是哼哼唧唧地乱叫一通，结结巴巴地说些时断时续、语无伦次的话。最后他兴奋得呼叫一声，张开双臂，扑过去搂住小老头的脖子，开始叫喊起来：

"啊，我的爸爸！我终于又找到了您！从今以后，我再不、再不、再不、再不离开您了！"

"我的眼睛看到的是真的吗？"小老头揉着眼睛反问说，"那么，你正是我亲爱的皮诺吉奥？"

"是的，是的，是我，正是我！您已经原谅了我，这是真的吗？啊！我的爸爸，您真好！细想起来，我却是那样……你可知道，有多少不幸雨点般地倾泻到我头上，又有多少倒霉的事情困扰着我！你想象一下

吧，我可怜的爸爸，就在那一天，你卖掉自己的上衣，给我买了识字课
本让我上学去，我却溜出去看木偶戏，木偶戏老板要把我放在火上去烤
公羊肉。后来他给了我五个金币，叫我带给您，可我碰到了狐狸和猫，
它们将我带到红虾旅店，在那里，他们如同饿狼大吃大喝。我一个人夜
里离开旅店，路上遇到两个杀人凶手。他们在后面追我，我在前面跑。
他们追呀，追呀，我跑呀，跑呀。他们总是追赶，我总是跑。他们追上
我，把我吊在一棵大橡树的树枝上。后来，深蓝色头发的美丽仙女派车
从那里把我救出来。医生给我会诊后马上说：'要是没有死，那就说明
一直活着。'这时候我脱口撒了谎，鼻子开始长起来，长得我再也走不
出房门。我跟狐狸和猫去种四个金币，其中的一个我已在旅店花掉。于
是鹦鹉嘲笑我。我不但没有得到两千个金币，反而弄得一无所有。法官
得知我被偷了，马上把我打进牢房，以便向小偷们赔礼道歉。我从牢房
里出来，看见田地里有一大串葡萄想去摘，结果给捕兽器夹住。农民完
全有理由给我套上狗项圈，让我看守鸡舍。后来他得知我是无辜的，便
把我放走了。一条尾巴冒烟的蛇哈哈大笑，笑断腹部的一条静脉。这样
我回到美丽仙女的家，可她死了。一只鸽子见我哭，便对我说：'我看
见你爸爸造了一条小船要去找你。'我对它说：'啊！我要是有翅膀就好
了。'它对我说：'你愿意去找你爸爸吗？'我说：'那还用说！可谁带
我去呢？'它说：'我带你去。'我说：'怎么去呢？'它说：'你骑到我
的背上。'这样，我们飞了整整一夜。第二天早上，我们到了海边。所
有的渔民瞧着大海对我说：'有个可怜的人坐在小船上，而小船快要沉
了。'我打老远的地方马上认出了您，因为我的心对我说那就是您，我
打着手势让您回到岸上来……"

"我也认出了你。"杰佩托说，"我也愿意回到岸上，可怎么办呢？

大海浩渺，汹涌澎湃，一个巨浪将小船打翻了。于是，旁边一条可怕的鲨鱼一看到我在水里，就马上掉头向我游来，伸出舌头，正好咬住我，就像吞食波伦亚小饺子①似的，把我一口吞下去。"

"您在这里关了多久啦？"皮诺吉奥问。

"从那一天起到现在，已有两年了。我的皮诺吉奥，我觉着两年就像两个世纪！"

"那您是怎么过活的？您打哪儿找到蜡烛的？要点燃蜡烛，谁给您的火柴？"

"现在，我就一五一十地说给你听。你要知道，打翻我小船的那场风暴也掀翻了一艘商船。全体船员是得救了，商船却沉没了。那一天，这条鲨鱼的胃口可大了，它吞下我后，又吞下商船……"

"怎么啦？它把整艘商船也吞下去了？"皮诺吉奥惊讶地问。

"是一口吞下去的，吐出来的只是主桅，因为主桅像一根鱼刺卡在它的牙缝里。我幸运得很，船上装着密封在箱子里的罐头肉、饼干、烤面包、一瓶瓶酒、葡萄干、乳酪、咖啡、食糖、硬脂蜡烛和一盒盒蘸蜡火柴。全靠上帝的这些开恩，我才能活上两年。如今我已坐吃山空，食品柜里一无所有。你看到的这支点燃的蜡烛是最后一支了……"

"以后怎么办？"

"以后嘛，我亲爱的，我们两个就得摸黑了。"

"那么，我的爸爸，"皮诺吉奥说，"我们没有时间耽搁了，必须赶快想办法逃走……"

"逃走？……怎么个逃法？"

---

① 产于意大利波伦亚的著名食品。

"从鲨鱼口里逃出去，跳进海里游走。"

"你说得倒好，可我亲爱的，我不会游泳。"

"这有什么关系？你骑在我的肩背上，我是个出色的游泳者，我可以平平安安地把您带到岸上。"

"你这是幻想，我的孩子！"杰佩托直摇头，苦笑着回答，"像你这样一个身材仅有一米高的木偶，你觉着自己能有那么大的力气驮着我游泳吗？"

"试试看吧！如果天书上明明写着我们无论如何也得死，我们就抱着死在一起，这至少是一种极大的安慰吧。"

皮诺吉奥二话没说，顺手拿起蜡烛，走在前头照路，对爸爸说：

"您跟着我走，别害怕。"

他们这样走了好长一段路，穿过鲨鱼的整个身子和整个胃部。他们来到怪物的巨大喉咙口时，他们想停下来看一看，选择有利的时机再逃出去。

要知道，这条老鲨鱼患有哮喘病和心脏病，只能张着嘴巴睡觉，因此皮诺吉奥从喉咙口向上看，能够看到张开的巨大嘴巴外面一片繁星点点的晴朗夜空和皎洁的月光。

"这会儿是逃跑的大好时机。"皮诺吉奥回过头，轻声细语地对爸爸说，"鲨鱼正呼呼大睡，大海风平浪静，明亮得如同白昼。爸爸，您跟在我后面，我们马上就有救了。"

说到做到。他们沿着鲨鱼的喉咙向上爬，来到宽大的嘴巴边，开始踮起脚尖在舌头上走。舌头又长又宽，如同花园里的大道。他们正要准备猛地一跳，纵身跃入大海时，鲨鱼打了个喷嚏。喷嚏打得震天价响，以致皮诺吉奥和杰佩托又弹跳回去，重新落到怪物肚子的尽头。

他们重重地摔了一跤，蜡烛熄灭了，父子俩陷入一片黑暗之中。

"现在怎么办？"皮诺吉奥严肃认真地问。

"现在嘛，我的孩子，我们全完了。"

"为什么完了？爸爸，把手伸给我，小心别滑倒！"

"你把我带到哪儿去？"

"我们必须试试再逃一次，您跟着来，别害怕。"

皮诺吉奥说罢，拉起爸爸的手。他们一直踮起脚尖走，一直顺着怪物的喉咙向上爬。他们走过整条舌头，跨过三排牙齿。在猛地一跳以前，木偶对爸爸说：

"你骑在我的肩背上，抱得很紧很紧的，其余的我来对付。"

杰佩托在儿子的肩背上刚坐好，皮诺吉奥觉着自己蛮有把握，就跳入水中，开始游起来。大海风平浪静，光滑如油，月亮洒下全部的清辉。鲨鱼继续呼呼大睡，睡得那样香甜，以至一声大炮也别想震醒它。

第三十六章

皮诺吉奥终于不再是木偶，变成一个
真正的孩子。

　　正当皮诺吉奥飞速游向海岸时，发现骑在他肩背上的爸爸的半条腿浸在水里，全身不停地打哆嗦，这个可怜的人像是发疟疾似的。

　　是冷得发抖还是怕得发抖？谁知道呢？也许两者各有一点。可皮诺吉奥认为，爸爸是怕得发抖，于是安慰他说：

　　"爸爸，鼓起勇气来！再有几分钟，我们就要到达陆地，我们就有救了。"

　　"可这赐福的海岸在哪儿？"小老头问道。他越来越惊恐不安，像裁缝穿针引线那样，鼓起眼睛，瞄准目标，"我从这里举目观望四面八方，除了天空和大海，我什么都没看到。"

　　"可我看到了海岸，"木偶说，"告诉您，我像夜猫子，夜晚看东西比白天还清楚。"

　　可怜的皮诺吉奥装出心情很好的样子，可实际上呢……实际上，他开始灰心丧气了，体力减弱，呼吸变成喘粗气，越来越急促……一句话，他再也支持不住了，可海岸一直还很远。

木偶只要有口气就不顾一切地游。他回头看看杰佩托，用断断续续的话对他说：

"我的爸爸哟……帮我一把……我快死了！

父子俩眼看就要淹死了。这个时候，他们听到一个像走了调的吉他似的声音说：

"是谁快死了？"

"是我和我可怜的爸爸！

"这个声音我怎么这样熟悉！你是皮诺吉奥！"

"正是我，你是谁？"

"我是金枪鱼，你关在鲨鱼肚子里的患难朋友。"

"你是怎样逃出来的？"

"我照你的办法逃出来的，是你给我指明了道路。你逃走后，我也逃了出来。"

"我的金枪鱼，你来得正好！我求求你像爱你那些小金枪鱼孩子一样来救救我们，不然，我们全完了。"

"我很乐意全心全意地帮助你们。你们两个抓住我的尾巴，我带领你们走，四分钟便可将你们送到岸边。"

正像诸位可以想象的那样，杰佩托和皮诺吉奥马上接受邀请，但不是抓住金枪鱼的尾巴，而是干脆骑在它的背上，他俩认为这样才更舒服些。

"我们太重了吗？"皮诺吉奥问。

"重？一点儿也不重。我觉得身上仅放着两个贝壳。"金枪鱼回答说。它身强力壮，如同一头两岁的小公牛犊。

他们到了岸边，皮诺吉奥第一个上了岸，帮他爸爸也上了岸，然后回过头来，用激动的声音对金枪鱼说：

"我的朋友，你救了我和爸爸！我不知道该说什么话来谢谢你才好！你起码得允许我亲亲你，以表达我永世不忘的感激！"

金枪鱼把嘴巴伸出水面，皮诺吉奥弯腰下跪在地上，无比深情地在它的嘴上亲了一口。可怜的金枪鱼还不习惯别人给予它的发自内心而火热般的温情。它深受感动，也不好意思让别人看到它像小孩似的呜呜咽咽哭，于是一头扎进水底不见了。

这时天已发亮。

杰佩托连站着的力气都快没有了，于是皮诺吉奥向他伸出手臂，对他说：

"亲爱的爸爸，您的身子靠在我的胳膊上，我们走吧。我们慢慢走，

慢慢走，慢得像蚂蚁似的，走累了，在路边休息一会儿。"

"我们要到哪儿去？"杰佩托问。

"去找一间房屋或一座草棚子。找到了，人们会向我们行行好的，给我们口面包吃，给我们一些稻草当床铺睡觉。"

他们还没有走上一百步，就看见两个面目狰狞的家伙正坐在路边乞讨。

这就是那只狐狸和那只猫，跟昔日相比，他们已面目全非，变得再也认不出来了。诸位想象得到，一再装瞎的猫如今果真变成了瞎子，狐狸变得很老很老，满身癞皮，整个身子朝一边歪斜着，连尾巴都没有了。事情就是这样。这个狡猾的蠢贼沦落到穷途潦倒的地步，终于有一天不得不把漂亮的尾巴卖给一个流动商贩，流动商贩买它来做掸子。

"啊，皮诺吉奥，"狐狸用哭腔的声音喊道，"请你对我们这两个可怜巴巴的残疾者行行好吧。"

"残疾者！"猫重复说。

"再见吧，骗子！"木偶回答说，"你们已经骗我一次，现在别再骗我了。"

"皮诺吉奥，你要相信，如今我们又贫穷又倒霉，这是千真万确的！"

"千真万确！"猫重复说。

"你们贫穷，这是活该。你们要记住一句格言：'偷来的钱财从不会结果。'再见，两个骗子！

"你可怜可怜我们吧……"

"可怜可怜我们吧！"

"再见，骗子！你们要记住一句格言：'不义之财难安享。'"

"别抛弃我们！"

"别抛弃我们！"猫重复说。

"再见吧，骗子！你们要记住一句格言：'偷别人上衣的人，死时照常没有衬衫。'"

皮诺吉奥这样说着，就同杰佩托安安心心继续赶他们的路。他们又走了一百步，看见田野中间小路的尽头有座漂亮的茅草小屋，屋顶铺着无楞瓦，砌着砖。

"这座小屋应该有人住。"皮诺吉奥说，"走，我们到那里敲敲门。"

于是他们走上去敲门。

"是谁？"屋里有个细小的声音问。

"是一个可怜的爸爸和一个可怜的儿子，没有吃的，没有住的。"木偶回答说。

"转动一下钥匙，门就开了。"还是那个细小的声音说。

皮诺吉奥转动钥匙，门开了。他们刚刚进屋，就东看西看一番，可没看到任何人。

"啊，房子的主人哪里去了？"皮诺吉奥惊奇地问。

"我在上面！"

父子俩马上抬头看天花板，看见侧梁上待着会说话的蟋蟀。

"啊！我亲爱的小蟋蟀。"皮诺吉奥很有礼貌地向它打招呼说。

"现在你叫我'亲爱的小蟋蟀'，对吗？可你为了把我赶出你家，你竟向我扔锤把子，你还记得吗？"

"小蟋蟀，你说得有道理！那你也赶走我吗……也照样向我扔锤把子吧！但要可怜可怜我这个可怜巴巴的爸爸……"

"我可以可怜爸爸，也可怜儿子，但我要你牢记我受到的粗暴对待，为的是告诉你，在这个世界上，只要有可能，就要以礼待人，这样，在必要的时候，我们就会得到同样的回报。"

"你说得有道理，小蟋蟀，你说得千真万确，我要牢记你给我的教训。可你要告诉我你是怎么买到这么漂亮的小屋的？"

"这座小屋是一只可爱的母山羊昨天送给我的。这母山羊长着一身非常漂亮的深蓝色的羊毛。"

"母山羊到哪儿去了？"皮诺吉奥十分好奇地打听说。

"我不知道。"

"它什么时候回来？"

"永远不回来了。它昨天痛心地离去，咩咩直叫，仿佛在说：'可怜的皮诺吉奥……我再也见不到他了……这会儿鲨鱼把他吞下去了……'"

"它正是这样说的吗？那么准是她！就是我亲爱的小仙女！"皮诺吉奥开始声嘶力竭地叫喊起来，哽咽着，又哇哇大哭。

等他哭够了，便擦干泪水，用干草铺好一个舒服的小床，让老杰佩托躺在上面。接着皮诺吉奥问会说话的蟋蟀：

"小蟋蟀，告诉我，哪里能给我可怜的爸爸搞到一杯牛奶？"

"离这里三块田远的地方，有一个种菜的，名字叫姜齐奥。他养着奶羊，你到他那儿就能找到你要的牛奶。"

皮诺吉奥跑着到种菜的姜齐奥家里。菜农问他：

"你要多少牛奶？"

"要满满一杯。"

"一杯牛奶一个索尔多，先给我钱。"

"我一个子也没有。"皮诺吉奥蛮不高兴而又难过地回答说。

"不行，我的木偶。"菜农说，"要是你连一个子儿都没有，那我连

一杯牛奶也没有。"

　　"没办法了！"皮诺吉奥说着就要走开。

　　"等一等，"姜齐奥说，"我们可以商量商量。你愿意干推水车的活吗？"

　　"什么是水车？"

　　"这是一种木制装置，用它把水从井里抽上来浇菜。"

　　"我试试看……"

　　"好吧，你提一百桶水上来，我就给你一杯牛奶的报酬。"

　　"好吧。"

　　姜齐奥领着木偶到菜园，教他怎么推水车。皮诺吉奥马上动手开始干活。他还没有抽完一百桶水，就已经大汗淋漓，从头到脚都流着汗水，他还从未干过这样劳累的活儿。

"推水车这样劳累的活儿，"菜农说，"一直是我那头小驴子干的，可今天我这头可怜的牲口已奄奄一息。"姜齐奥说。

"您领我去看看它行吗？"皮诺吉奥问。

"当然可以。"

皮诺吉奥刚走进马厩，就看到一头小驴子直挺挺躺在稻草上，由于饥饿和干活太多，它已经筋疲力尽。皮诺吉奥目不转睛地望着它，思绪纷乱，心里想：

"然而，我认识这头小驴子！它的脸我并不陌生！"

他向小驴子俯下身子，用驴子的语言问道：

"你是谁？"

小驴子听了问话，睁开垂死的眼睛，用同样驴子的语言结结巴巴地回答说：

"我是灯……芯……"

它说完，闭上眼睛，死了。

"啊！可怜的灯芯！"皮诺吉奥低声说。他拿起一把草，擦干他脸上流下的一滴眼泪。

"你为什么要这样惋惜一头你分文没花的小驴子呢？"菜农说，"我是用很多现钱把它买来的，那我该怎么办呢？"

"我告诉您……他是我的朋友！"

"你的朋友？"

"我的一位同学……"

"怎么？！"姜齐奥放声大笑，"怎么？！你有驴子做同学？可以想象得到，你书读成了什么样子啦！"

　　木偶听到这些话，很不高兴，因此没有回答。他端起一杯热牛奶，回到屋子里去。

　　从这天起，他又连续干了整整五个多月。每天天没亮，他就去推水车，换回一杯牛奶。牛奶对他爸爸病弱的身体太好了，可他对此还不满足，以后他又学会了编草篮和草筐。他对赚来的钱总是精打细算，勤俭过日子。除此以外，他自己还做了一辆轻型的小手推车，天气好的时候，就推着爸爸去散步，让爸爸呼吸新鲜的空气。

夜晚，他学写字和念书。他花很少几个钱，在附近的村子里买了一大本书，封面和目录都不见了，他就读这样一本书。要说写字，他就用削成的细树枝当笔用，没有墨水，他就用细树枝蘸满满一小瓶桑葚子汁和樱桃汁来写。

事实上，他怀着良好的愿望来孜孜不倦地学习，勤勤恳恳地劳动和顽强地生活，不仅使父亲过上了几乎是舒服的生活，而且积攒了四十个索尔多。

一天早晨他对父亲说：

"我要到附近的集市去买一件小外衣，一顶小帽和一双鞋。等我回到家时（他是笑着这样说的），我将焕然一新，您肯定把我当做绅士呢。"

木偶离开家，满心欢喜地拔腿跑起来。跑着跑着，突然听到有人叫他的名字，他回头一看，从篱笆丛中爬出来一只漂亮的蜗牛。

"你不认识我了？"蜗牛问。

"好像认识，又好像不认识……"

"你不记得跟深蓝色头发仙女住在一起的那只蜗牛吗？那一次我下来给你开门，你一只腿插进门里去，你不记得了吗？"

"我都记得一清二楚。"皮诺吉奥大声说，"美丽的小蜗牛，你得马上回答我，你把我那善良的仙女留在哪儿？她在做什么？她原谅我吗？她一直记着我吗？她一直爱我吗？她离这儿远吗？我可以去找她吗？"

对于皮诺吉奥一口气说出这么多话、好似连珠炮似的提问，蜗牛依然慢条斯理地回答说：

"我的皮诺吉奥！可怜的仙女被迫躺在医院的病床上……"

"在医院？"

"太不幸了。她屡遭打击，患了重病，连买口面包的钱都没有。"

"真的吗？啊！我听到这个消息多难受哟！啊！可怜的小仙女！可怜的小仙女！可怜的仙女……要是我有一百万里拉，我会跑着去送给她的……可我只有四十个索尔多……喏，在这里，用这些钱刚好够买一件新衣服。蜗牛，将这些钱拿去吧，快拿去给我那善良的仙女吧。"

"而你买新衣服怎么办？"

"我买不买新衣服有什么关系？为了能够助她一臂之力，我还要卖掉我身上的破旧衣服呢！去吧，蜗牛，快去吧。过两天你再到这儿来，我希望能再给你几个索尔多。我现在干活儿是为了养活我爸爸，从今以后，我每天要多干五个钟头的活儿好供养我那善良的妈妈。再见吧，蜗牛，两天后在这里等你。"

蜗牛这时候却一改它的老脾气，跑得飞快，如同八月三伏天的一条蜥蜴。

皮诺吉奥回到家里，爸爸问他：

"你的新衣服呢？"

"我找不到一件合适的供我穿。没办法！下回再买吧。"

当天晚上，皮诺吉奥不是十点上床，而是敲过午夜钟才上床。他不是编了八个篮子，而是编了十六个。

然后他去上床睡觉。在睡梦中，他觉着梦见仙女。仙女美丽极了，笑吟吟的，亲了亲他，这样对他说：

"好样儿的皮诺吉奥！因为你有一颗善良的心，我原谅你迄今为止所做的一切调皮事。孩子满怀深情地照料贫病交加的父母，都应该永远受到称赞、得到疼爱，就算他们不是听话和品德优良的模范孩子。只要你审慎地考虑未来，变得聪明起来，你就会得到幸福。"

梦，在这个时候做完了，皮诺吉奥醒来，睁大了眼睛。

现在请诸位想象一下皮诺吉奥惊讶的样子吧。他醒来后，发现自己不再是个木偶，而是变成了一个跟其他所有孩子没有什么两样的孩子！他环顾四周，看到的不是原来的茅草墙，而是漂亮的小卧室，装饰陈设简朴而又高雅。他跳下床，看到一套已准备好的新衣服，一顶新帽子和一双皮制小靴子，这一切都不再是画饼充饥，而是实实在在的东西。

他刚穿上新衣服，手自然而然要插进口袋，想不到掏出一个象牙钱包，上面写着如下这样的话：

深蓝色头发的仙女还给亲爱的皮诺吉奥四十个索尔多，并十分感谢他的一片好心。

他打开钱包，看到里面不是四十个铜币，而是四十个金币，崭新的四十个金币，个个闪亮发光。

他照照镜子，觉着这是另外一个人。他看到照出来的不再是原先的那个木偶形象了，而是一个灵活、聪明和漂亮孩子的形象，栗色头发，天蓝色的眼睛，神情快活，像过圣神降临节①似的喜气洋洋。

蹊跷的事接连不断。这时候，连皮诺吉奥自己也不知道是果有其事，还是在白日做梦。

----

① 基督教的宗教节日，适逢复活节后的第五十天，纪念圣灵下凡给信徒布道。

　　"我爸爸呢?"皮诺吉奥突然问。他走进旁边的一个房间,看见老杰佩托身强力壮,精神焕发,喜气洋洋,跟以前一个样。杰佩托又马上重操旧业,干起木雕刻的职业来,正在设计一个极其漂亮的画框,里面雕刻着叶子、花卉和各种动物的头。

　　"爸爸,请您满足一下我的好奇心,这些突如其来的一切变化该作何解释呢?"皮诺吉奥问着,跳过去搂住爸爸的脖子,亲吻个不停。

　　"我们家这种突如其来的变化全部要归功于你。"杰佩托说。

　　"为什么都要归功于我?"

"因为当坏孩子变成了好孩子，就有一股力量可以使他们的家庭重新出现新的面貌，充满着欢声笑语。"

"原来的木偶皮诺吉奥藏到什么地方去了？"

"喏，在那里。"杰佩托回答着，给他指指一个大木偶。这个木偶靠着椅子，脑袋歪倒一边，胳膊下垂，双腿半屈着，交叉一起。它要是能够站立起来，简直就是奇迹。

皮诺吉奥转身去看它，看了一会儿，心满意足地自言自语：

"当我是个木偶时，我是多么滑稽可笑啊！现在我变成了一个好孩子，我是多么高兴啊……"

附录:
快 乐 的 故 事

童年的回忆

可爱的小朋友，今天我给你们讲我自己童年的故事，可能会引起你们的兴趣。记得我十一二岁，也就是跟你们现在的年龄差不多的时候，我是学校里人人皆知的调皮鬼。

我上学的那个时候，除了星期天，星期四① 也不上学。就是说，一个星期里只有五天上课。

那时的学校可不像现在这样分什么小学、初中、高中的，那时不管什么类型，都一律简单地叫做"学校"。

那时的学校到底是什么样子呢？说起来很简单，实际上就是个干净整齐的大房间，大房间就是教室，教室就是学校。在这个宽敞的房子里，我和同学们整天识字、写字、朗读，可烦死人啦！我是被迫每天度过那六小时的，人在教室里，可心里总盼着星期四和星期天的到来。

我上课的那间长方形的大房子，左右两旁的墙壁上各有一扇窗户，后墙上有一扇大窗户，常被深绿色的窗帘遮盖着。教室里，紧靠着墙边是两排课桌，界限分明，中间的过道，一直通到老师的讲台。

坐在两排椅子上的同学各有自己的传统绰号。右边的同学统统叫"古罗马人"，左边的同学统统叫"迦太基人"② 这实在是两个诙谐幽默的名字。更有趣的是，每排都有一个"皇帝"做统帅，任期一个月。为了维

① 星期四为纪念耶稣基督的升天节。
② 迦太基是原中北非（今突尼斯）的奴隶制国家。公元前3世纪，迦太基人与古罗马人争夺地中海西部的霸权。

护至高无上的尊严，"皇帝"必须由两个品学兼优的同学轮流担任。我昼夜想着做"皇帝"日子的到来。终于有一天，"古罗马人"的"皇帝"轮到了我，虽然只有一个月的光景，总算可以过过做"皇帝"的瘾了。但我太不争气，刚刚做了两个小时的"皇帝"，老师便喝令我从"皇帝"的宝座上站起来，把我发落到最后一排的位子上。老实说，对这种从天而降的灾难我并不十分吃惊，相反，我很快就心平气和了。也许我从儿童时代起就没有做"皇帝"的天赋吧！从这一点来看，我倒是有自知之明的。

可爱的小读者，你们知道谁是学校里最心不在焉、最讨人嫌、最调皮的学生吗？

如果你们不知道，我可以毫不保留地告诉你们，但我只能小声对你们说，可不能叫别人听见了！还得有个条件，就是你们知道以后，千万不要再告诉自己的爸爸和妈妈了！

坦率地说，这个弄得人们人心惶惶、调皮捣蛋的学生不是别人，正是我自己！我那一连串的恶作剧可害苦了我的同学们，有了我，他们过不了一天安生平静的日子。你们要是不信，请慢慢听我说吧。

"老师，您让科罗迪别跟我捣乱好不好？"一个同学大喊大叫。

"他又瞎折腾什么了？"老师问。

"他吃樱桃，把果皮和果核塞进我的口袋！"

老师走下讲台，怒气冲冲地逼近我，那咄咄逼人的目光使我直打寒战。老师走到我跟前，用他那瘦骨嶙峋的大巴掌冷不防地给了我一记响亮的耳光，把我打得头晕目眩。

接着老师叫我换了座位。

过了一小时，又有同学告我的状：

"老师，您管不管科罗迪？"

"他又捣什么乱了？"

"他逮了只苍蝇，放进我耳朵里！"

老师用他那令人生畏的大手掌又给了我一次教训后，命令我再换座位。

由于我每天越来越频繁地在"古罗马人"的椅子上换座位，以至于再没有"古罗马人"愿意让我跟他们坐在一起了，这实在是个叫老师、同学和我大伤脑筋的问题。

最后，万般无奈，我被换到"迦太基人"一边的座位上，跟可以说是世界上最安分守己的同学西尔瓦诺坐在一起了。

西尔瓦诺是个小胖墩儿，活像圣诞节时市场上出售的阉鸡。他用在学功课上的时间很少很少，用在睡眠上的时间很多很多。他坐在椅子上，往课桌上一趴，就像头猪似的呼噜呼噜睡着了。连他自己也说，他趴在课桌上睡觉比在家里的床上睡觉还舒服哪！

有一天，西尔瓦诺穿着一条崭新的白裤子上学来了。不知怎么搞的，看见他的穿戴，一个奇特的念头马上跳入我的脑海：在他的白裤子上画一幅最好看的墨水画。

根据我平时的仔细观察，西尔瓦诺是双手抱头，两肘趴在桌子上睡觉的。于是，等他刚入睡，我就迫不及待地用蘸饱墨水的笔在他裤子的下半部画了匹骏马和骑手。不瞒你们，我画的马既好看又好玩，这是一匹正张着大嘴津津有味地咀嚼着胖头鱼的骏马。我画龙点睛的神来之笔是想让人们一目了然。这部"杰作"恰巧在星期五完成，这一天是基督徒吃斋的日子，如果西尔瓦诺穿着这条裤子走到大街上，那会吸引多少小观众啊！

当然了，我的同学西尔瓦诺跟我的想法截然不同。他终于睡醒了，当他发现白白的裤腿上画着骑手和吃鱼的骏马时，竟然一下子放声大哭，还时时发出阵阵刺耳的尖叫声。人家听到这可怕的撕心裂肺的叫声，准会以为谁揪掉了他一绺心爱的头发呢！

"你哭叫什么？"被西尔瓦诺哭闹激怒了的老师吼叫着，霍地从椅子上站起来，扶了扶架在鼻梁上的眼镜，扫视了一下四周。

"科罗迪……科罗迪，这个小坏包在我裤子上乱画一气！"西尔瓦诺泣不成声。他抬起裤腿，让老师和同学们欣赏我那部令人赞叹的"杰作"。

同学们顿时哈哈大笑。老师没有随着大家笑，也没说一句讽刺挖苦或责备我的话，他绷着脸，撅着嘴，眉头皱得紧紧的，像一阵风似的走下讲台，朝我的座位大踏步奔过来。出于维护人类自尊心的美德，我不想在这里绘声绘色地向你们讲述，老师为了使我翻然悔悟，改掉乱画一气的恶习，是怎样狠狠揍了我一顿的。

放学后，可怜的西尔瓦诺怎么也不敢回家了！他怕走到大街上人家笑话他。我绞尽脑汁，又想了什么绝招儿呢？为了不使他过分伤心难过，也为了平息他的恼怒，我把一张长长的白纸剪裁成围裙的样子，拴在他腰间，一直延伸到膝盖。这样，我那幅"杰作"被遮住了，人家再也看不到了。

第二天，对我来说，是最狼狈不堪的了，因此使我终生难忘。

老师走进教室后，横眉怒目地向我指指最后一排最后一张单人课桌，说：

"拿着你的课本和作业，坐到那远远的地方去。只有这样，你才会发现自己是孤苦伶仃的，是跟大家隔绝的。你不断地和同学捣乱是

要付出代价的，他们都是你的受害者。"老师威严的声音使我的心怦怦直跳。

我独自一个儿坐在那张课桌后，活像一只湿淋淋的小鸡，俯首听命。一天、二天，我总算熬过去了。到了第三天，我再也无法忍受了，同学们都笑嘻嘻地望着我，众目睽睽之下，我如坐针毡。

我已经告诉过你们，教室后墙上有一扇总是关闭着的大窗户，被一幅长长的深绿色窗帘遮盖着，当我心烦意乱、无所事事的时候，总想找点什么活儿干干，好开开心、消磨时间。有了这种想法，我便左顾右盼起来。无意中我发现，后窗窗帘上有一个手心那样大小的窟窿。一看见那个窟窿，我顿时喜出望外，脑海中马上闪出一个念头：加大窟窿，把脑袋钻进去。

于是，趁老师每天批改作业不注意的时候，我就急忙用剪刀剪几下，用小刀割几下，逐渐加大窟窿。窗帘布粗糙、结实，每次只能剪割一点儿。再说，剪割的速度也不能太快，太快了，窟窿一下子变大，太显眼了，容易引起老师的怀疑，只能一点一点地扩大。就这样，我耐着性子搞了一个多星期，看起来，脑袋能钻进窟窿里去了。于是，有一天，我向同学们作了一个肃静的手势，好让他们欣赏我的绝妙表演。说做就做，利用老师用心批改作业的机会，我一下子溜到窗帘后面，开始往窟窿里钻。

大家知道，窟窿是变大了，可我的脑袋更大，还是钻不进去。我屏住呼吸，用脑袋硬往里顶，总算是钻进去了。

我刚钻进脑袋，立刻掀起轩然大波，引起同学们阵阵的哄堂大笑，因为我的脑袋活像被四个特别的大别针牢牢紧箍在窗帘上。可是老师并没笑，只见他腾地从椅子上跳起来，气势汹汹地朝我走来。我好像从酣睡中被惊醒了，急忙从窟窿里拔出脑袋。可是，我是硬钻进去的，现在使尽浑身解数，脑袋也拔不出来了。

当时，我吓得浑身打哆嗦，呜呜咽咽地哭了起来。

老师以讽刺的口吻微笑着对同学们说：

"这下子可好了！你们都看见了，你们的同学科罗迪表现多好啊！他多么爱学习、多么有礼貌呀！你们难道光眼巴巴地看着可怜的同学痛哭流涕吗？同学们，还愣着干什么？还不赶快行动起来，从位子上站起来，擦干他的眼泪，帮帮他的忙？"

　　小读者们，听到这里，你们大概不难想象，我的同学听了老师的话是怎样一窝蜂地向我奔来的吧！他们说说笑笑、吵吵嚷嚷，可热闹了！他们排成两队，轮流用自己的手绢帮我擦眼泪。有的手绢五颜六色，好看极了；有的肮脏不堪，发出一股股酸臭味；有的手绢可能连技艺娴熟的洗衣女工也没见过！不过，这有什么关系，什么样的手绢都可以用来擦眼泪的！

　　这次，我摔了个大斤斗，吃够了苦头，受到了严厉的惩罚。不怪天不怪地，这都是我自作自受！

　　这件事触动了我的心，教训是深刻的：凡是在学校惹是生非的人，只能失去老师的喜爱和同学们的同情。

　　打这以后，我变成了个好孩子。我学会了尊重别人，这样，别人也尊重我了。几个月以后，由于我品学兼优，重新被推举为"古罗马人"的"皇帝"。我的"古罗马人"同学没给我加上什么"陛下"的桂冠，而是继续叫我"科罗迪"。

一个懒惰小孩的自我辩护

　　他的名字叫"托马索"，可不论在家里还是在外面，大家都管他叫"马西诺"。

　　马西诺具有像他那样十一二岁的小孩所有的一切毛病：不听家长的话，光想吃好的，懒惰，爱睡觉，不洗手不洗脸，衣服破旧不堪、渍满了油垢，爱撒谎，爱打闹，见人没礼貌，爱跟人家顶嘴，不想读书，不想去学校。

妈妈打骂他，爸爸训斥他，老师惩罚他，同学讥笑他。但我们的马西诺根本不管这一套，照样"你们说你们的，我干我的"。

"让他们唠叨吧，唠叨够了，就不多嘴多舌了！"他常常这样安慰自己。说罢，摇头晃脑，耸耸肩膀，真是心安理得！

然而，有一天，他终于觉得自己确实受到不公正的对待了，自言自语地发出令人啼笑皆非的怪论：

"大家指责我，和我过不去，这是为什么呢？归根结底，我只是做了所有像我这样的小孩应该做的事。这不是我的过错，而是我妈妈的过错，她总是没完没了的唠叨；也是我爸爸的过错，他总是大声骂人；也是老师的过错，他总在同学面前出我的丑，让我丢尽了脸。如果妈妈和爸爸改掉嘟嘟囔囔的毛病，那该多好啊！如果老师只要求学生到学校报个到，那又该多好啊！可是，老师不仅要求学生每天到校，而且要求他们学习呀，学习呀！这种要求未免太过分了！老师同时对学生提出这两种要求，谁做得到？"

马西诺今天想，明天想，想来想去，脑子里终于闪出了个他认为最美好的想法，于是，满心欢喜地喃喃自语起来：

"我为像我这样的所有的小孩当个辩护人行不行？我写一部书，好好教训教训爸爸妈妈行不行？帮助最爱教训我们的老师改正错误行不行？可是，我从来没有学过写什么东西。不过，我老是听人家说，写东西就像说话那样容易。我说得好，自然就写得好了！你们想想，爸爸妈妈太固执己见了，非要逼我每天去上学不成！

"那么，我能写点什么呢？写一出叫《嘟囔人》的滑稽戏？要写戏，实话说，我倒有这方面的天资。每当我撒了谎，妈妈总说我就像哥尔

多尼①的《撒谎人》，如果我真像哥尔多尼，那就是说我擅长写戏。可是我写了戏，谁表演呢？人家要向我发出嘘声、吹口哨怎么办？那我不就倒霉了？不是没有先例的。爸爸妈妈借口带我们上剧院，实际上他们自己爱看喜剧呀、丑剧呀。到了剧院，家长总向我们小孩子发出嘘声，出我们的洋相。要不然我写篇小说，登在报纸上，不也是一件美事吗？这样，人家根本不会嘘我了，就是出了点差错，谁也看不见我。爸爸常说，报纸上满是谎话、错误百出。对，就这么办，写一写，试一试再说。"

马西诺说做就做，他就躲在自己的房间里，拿起笔和纸，开始写一篇题目叫《一个模范小孩》的短篇小说。

小说的第一章：**妈妈对自己的孩子应该大发慈悲。**

马西诺是世界上最好的孩子。爸爸、妈妈责备他，他根本不放在心上，任他们说个够！老师故意惩罚他，扣掉了他的早饭。但马西诺是个机灵鬼，上学前，在家吃早饭。

有一天，爸爸、妈妈和老师终于认识到，天天斥责马西诺，使他受到很大委屈。渐渐地马西诺的日子好过了。

马西诺有时忘了洗手洗脸，妈妈不责备他，反而夸奖他：

"了不起的马西诺，你本不该洗手洗脸，你做得完全对！我的小宝贝，千万不要洗手洗脸，手脸接触了水，容易伤风感冒，弄不好还要胸疼呢！我看，你现在该起床了，对吗？"

"对了，妈妈。"

---

① 哥尔多尼（1707—1793）是意大利著名的喜剧作家，主要作品有《一仆二主》《女店主》《撒谎人》等。

"你现在知道几点吗？现在九点整，可你该八点到学校去。"

"妈妈，你知道吗，我还想再打会儿瞌睡，我睡得可香啦！"

"我全懂了，可怜的小宝贝！俗话说，不耕种就没有收获。我的小宝贝，你不该像渔夫那样整天辛辛苦苦的。如果你想再睡一会儿，那睡到中午也可以。你做完功课了吗？"

"我本想做，可后来忘得一干二净！"

"随你的便。我本想到我妹妹家去，可我也忘了，你可真是妈妈的好儿子哟！你早饭想吃什么？"

"跟平常一样，喝咖啡和牛奶。"

"但是，我的小宝贝，千万别忘了放糖，要放很多很多的糖，买糖就是为了吃的。不然，糖会变质坏了，白白浪费掉。"

"我还要喝面包片汤。"

"不，我的小天使。你该喝蛋糕汤，最好再涂上黄油，因为黄油能清嗓润口，又能帮你消化。今天你上学去吗？"

"妈妈，说实话，我不想去了。"

"这正是我要对你说的心里话。上学嘛，有的是时间。你知道吗？如果我是你，我去干什么呢？去玩球，一直玩到中午，然后回家饱餐一顿，可以吃一块美味可口的烤牛排，吃一盘帕尔马奶酪通心粉，一块硕大的、涂着乳酪的糕点。吃过以后，你想做一会儿功课吗？"

"妈妈，我才不做功课呢！我到卡希纳①林荫大道上玩一会儿陀螺，好吗？"

"好极了，可以看出，你是个有头脑的孩子。像你这样年纪的

---

① 意大利著名城市佛罗伦萨的一个郊区。

孩子玩陀螺比学什么地理呀、历史呀有用处得多。我们这个世界上本来天天发生无数烦恼的事，还有什么必要学历史呢？那么，再见，我的小宝贝，我得赶快到我妹妹家去一趟。你可以玩个痛快，怎么玩都行。再不要做功课了！（回过头来）我再嘱咐你一遍，不要做功课了！（第二次回过头来）不要做功课了，因为总有时间做的！"

小说的第二章：**爸爸应为自己的孩子打掩护。**

过了几天，马西诺到爸爸的房间里去（爸爸已经改掉了爱唠叨的毛病）。马西诺对爸爸说：

"爸爸，你知道老师怎样对待我的吗？"

"他怎样对待你的？"

"老师借口我做错了算术题，惩罚了我。"

"这太可怕了，我去报告宪兵。"

"爸爸，说实话，我不想到学校去了。"

"随你便吧。学校是干什么的？不客气地说，学校还不是专为折磨你们这些可怜孩子而设的'人间地狱'？"

"爸爸，你知道吗，老师惩罚我是因为我总学不会算术。要知道，一个自由的公民完全有学不会算术的自由。我是一个自由的公民，所以……爸爸，你同意我说的吗？"

"我完全同意。"

"我的老师是个好人，但爱发脾气。他要学生学呀、学呀，唠叨个没完，烦死人了！"

"真是让人笑掉大牙的要求。他如果这样跟我唠叨，我可对他不客气。"

"你去找他吗？"

"我一定去找他。我这样对他说：'老师，您可以要求学生学好功课，但是绝对不能强迫他们去学习。一千个不能，一万个不能！'"

"一个人可以有自由的愿望，爸爸，你同意吗？"

"我完全同意，当一个孩子说'我不想学习'时，谁也不能强迫他。"

"可让你说对了！例如，老师在课堂上要求学生不要说话、保持肃静，这怎么能办得到呢？他们想说话，谁能管得着！"

"你一千个有理，一万个有理！人总是要说话的，为什么在学校里就要装哑巴？好了，好了，这件事由我做主，明天我到学校里去找老师，好好教训教训他。"

小说的第三章：**老师对他的学生应该和蔼可亲。**

爸爸果然找到了老师，对他大加训斥。说真的，这对谁来说，都是永世不忘的。

从这以后，马西诺到学校去，老师对他百依百顺了。老师手拿贝雷帽，毕恭毕敬地说：

"马西诺，请原谅我。如果我以前惩罚过你，那是我的错误，请你饶恕。在这个世界上，谁都可能犯错误。不幸的孩子，你到底做了什么事受到那样的惩罚呢？一句话，你不爱学习。可这算得了什么过错？难道学生非要学好功课吗？这绝对不应该！让我再说一遍，请你原谅我，这件事就算过去了。让我看看你的作业本好不好？嘻嘻，好极了！作业本上都是乱写乱画的墨迹。在作业本上乱写乱画，证明你是一个爱清洁、爱干净、努力学习的好学生！就这一条，我给你打七分！像你这样爱学习的应该受到鼓励。现在我看看你的课本。呵，实在了不起，所有的课本都撕烂弄破了，缺张少页，这是你很爱惜课本的绝好证明！一个学生如果想成为有出息的人，成为真正有学问的人，他所做的第一件事应该是糟蹋书籍！因为你毁书有功，我给你打五分！明天你来上学，如果把几本书丢在大街上，我给你另加七分！因为你给同学们树立了榜样。你的衬衣上怎么沾满了污点？"

"是我今天早晨舔咖啡杯子底时流上去的糖渍。"

"这些污点使你变得特别英俊！我总讨厌那些穿着干净的学生，我喜欢像你这样身上沾满油渍污垢的学生。由于你衣服上浸有咖啡和牛奶，我再给你打六分！本来该给你打更多的分数，可今天就到此为止吧。马西诺，请告诉我，你温习功课了吗？"

"温习了，老师。"

"那你告诉我，要组成一个音节，需要多少字母？"

"老师，您的问题使我摸不着头脑。说实话，我不知道。"

"好极了！我给你一个机会，下次你再回答。你复习算术了吗？"

"复习了，老师。"

"两个数字之间的'十'代表什么？"

"这个嘛，嗯……我会，我会，代表十字架！"

"我看，今天你没兴趣回答我的问题，下次再回答吧。你复习地理了吗？"

"复习了，老师。"

"那回答我的问题。一般说来，意大利分成几部分？"

"四部分：上意大利，下意大利，中意大利，还有……意大利。"

"意大利怎么了？"

"从另一方面说……意大利。"

"不对。你最好下一次回答吧。"

"这次我给你打十分，因为你老老实实回答了我所有的问题。"

年终考试后，品学兼优的学生马西诺得到了最高的荣誉，爸爸妈妈奖给他二十块小馅饼和一个锡耶纳①水果面包。

①意大利一城市。

　　马西诺的短篇小说就以上面这段话结束了！"杰作"的作者心头充满喜悦，把小说寄给很多报社，可是没有一家准备发表，那些善良的人们对它一笑置之。我们的朋友马西诺是这样来安慰自己的：

　　"很遗憾，没有任何一家报纸想发表这篇小说！但这是对爱唠叨的爸爸妈妈、对暴君似的老师的最好教训！甭着急，再忍耐一下，走着瞧！为了学好功课，仿佛孩子们都应该受大人们不公正的对待似的，这就是孩子们的命运！"

　　亲爱的小读者，最后，我向你们提一个问题：

　　世界上还有比马西诺这个懒鬼更懒惰、更无理取闹的小孩吗？

小·猴皮皮

第一章　为什么给小猴起个"皮皮"的外号

很久很久以前，在某地一座著名的森林里，生活着由七只猴子组成的小家庭：爸爸、妈妈和五只小猴子。

这一家猴子住在密林深处一棵枝叶繁茂的大树上，每年要向横行霸道的家族首领老猩猩进贡十五个草莓。

五只小猴子里面，有四只全身长着褐色的皮毛，颜色很像巧克力。不知是先天的还是其他什么原因，第五只最小的猴子，除了嘴唇，全身的皮毛长得细密柔软，而且是粉红色的，就像五月的玫瑰那样醒目。因此，不论在家里还是在外面，大家都管他叫"皮皮"。这是个具有讽刺意味的名字，在猴子的语言里，"皮皮"就是"粉红色"的意思。

皮皮既不像他的四个哥哥，也不像附近其他家庭的小猴，他有一副机灵、聪明的面孔，狡黠的双眼总是眨巴着，嘴角上常常挂着微笑，身体很轻巧，跳起来还有弹性，活像芦苇秆那样摇曳多姿。总之，可以说，他简直是用彩笔描绘成的小猴。

谁看见皮皮，都把他当做七八岁的小孩。可不，他大声喧闹，尽做傻事，真像一个小孩子。他捉蝴蝶，掏鸟窝的鸟蛋，这也像一个小孩。他吃什么东西都津津有味，吃完了，用手抹抹嘴巴，动作也像个小孩子，不过是个不讲卫生的小孩子。

你们想知道皮皮对什么最感兴趣吗？他最感兴趣的事，是模仿人的一切动作。

有一天，他们全家在树林里捉蟋蟀和知了，看见不远的地方有个年轻人，正安安静静地坐在大树下抽烟斗。

皮皮一看那抽烟斗的年轻人，就像着了魔似的，睁起了圆鼓鼓的大眼睛。

"嘿嘿！"皮皮心想，"要是我有个烟斗该多好！嘿嘿！要是能从我嘴里喷出好看的烟圈，又该多好！要是我能抽着烟，像个燃烧着的小炉子似的蹦蹦跳跳回到家，那该多好！不知我那四个哥哥见我抽烟会嫉妒成什么样子。"这些美妙的想法从皮皮的脑海里一一掠过。正在这时，也许是太疲倦或天气太热的缘故吧，抽烟的年轻人打了两个大呵欠，把烟斗扔到绿茸茸的草地上，呼噜呼噜地睡着了。

　　我们的淘气鬼皮皮干了些什么呢？

　　他踮起脚尖，屏住呼吸，神不知鬼不觉地走近那个已经进入梦乡的年轻人，轻轻地伸出胳膊，以令人难以想象的速度拿起烟斗，一阵风似的跑走了。

　　皮皮兴高采烈地回到家里，急忙招呼爸爸、妈妈和哥哥们。只见他嘴上叼着烟斗，吞云吐雾，那技艺娴熟、从容不迫的动作，真像一位老海员。

　　妈妈和哥哥们看皮皮从嘴里喷出烟雾，都大笑起来，毕竟爸爸阅历深、资格老，他善意地劝告皮皮：

　　"皮皮，快收拾起来吧。你模仿人抽烟，总有一天，自己也要变成人的。这样，这样……你将悔恨无穷。到那时候，你后悔也来不及了。"

听了爸爸的劝告，皮皮果然害怕了，"啪"的一声把烟斗扔到地上，不再抽烟了。

可是，必须承认，这个从年轻人那里偷来的烟斗，终究给皮皮带来了无数的灾难。

几天以后，皮皮遭到了巨大的不幸，意外的事故使他永远失去了漂亮的尾巴。他的尾巴真漂亮，谁看上一眼也不会忘记。

皮皮是怎样失去漂亮的尾巴的？

这是个令人痛心的故事，只要一想到它，皮皮就会痛哭流涕。下面，我向你们慢慢讲来。

第二章　皮皮是怎样失掉漂亮的尾巴的

你们已经知道，皮皮一家是住在密林深处的。他们从树林中出来玩耍，要经过一个很大的湖泊，里面有一条据说已经有两千多岁的老鳄鱼。

由于越来越老，被人们叫做阿拉巴·巴巴的老鳄鱼眼睛全瞎了，他再也不能靠自己的辛勤劳动养活自己，只好从早到晚栖息在湖边，把脑袋露出水面，张着嘴巴，耐心地等待着过路行人或其他动物给他一点食物，免得饿死。他想这样艰苦地活下去，凑合着再活一千年。

说实在的，凡是从这里经过的，不管是人还是动物，都会慷慨地施舍给他一些食物。

皮皮也常常帮老鳄鱼的忙，可他帮的是倒忙。这个淘气鬼不给老鳄鱼水果，甚至连死的小鱼都不给，而是把小石子、枯树枝、苎麻、生锈的铁钉和挂钩什么的，扔进老鳄鱼的嘴里。老鳄鱼对淘气鬼的无理取闹并不生气，只是轻轻摆动一下脑袋，好像在说：

"小淘气鬼，老实点吧，播种了仇恨的，是要收获风暴的。"

看到自己的玩笑没有开成，这一天，皮皮装出天真烂漫、纯洁善良的样子，迫不及待地问老鳄鱼：

"阿拉巴，请您告诉我，在您的一生中，难道从来也没有碰到过使您受到肆意侮辱、粗鲁戏弄的傲慢无礼的行为吗？"

"怎么没有呀，我的活宝皮皮！我对这些是深有体会的。告诉你，那些粗暴无礼的行为到处都可以看到，真比讨厌的苍蝇还多呢！"

"阿拉巴，请您告诉我，当淘气鬼侮辱您的时候，您难道一点儿也不生气吗？"

"亲爱的朋友，在生活的漫长道路上，我学到了不少有益的东西。长者的崇高道德就是用耐心来对待年轻人，对任何事情都能忍耐，不轻易动怒。"

"这就是说，您一生中从来也没发过火，是吗？"

老鳄鱼沉思了半天，然后才回答皮皮的问题：

"只有一次。你知道使我大伤脑筋的是谁吗？是一只小猴，是一只年龄和你差不多的小猴。"

"这只小猴是怎么使您生气的？"皮皮很好奇地问。

"我不知道该不该对你说。其实，那个淘气鬼自己心里也明白。我最怕有谁抓挠我的鼻子尖了，可那个小猴偏偏爬到湖边的一棵大树上，跳上跳下，用尾巴尖在我的鼻子上扫来扫去。他这一招儿很厉害，我像中了邪似的，在水里足足受了一个星期的折磨。我还以为自己快要一命呜呼了呢！"

　　"可怜的阿拉巴，这是真的吗？"皮皮假装同情地问。说完这话，他就飞也似的跑掉了。他一边跑，一边乐呵呵、不厌其烦地对路上遇见的大猴、小猴说：

　　"喂，你们想开心吗？想看老阿拉巴跳舞吗？那明天早上到湖边去，咱们一起欣赏他绝妙的表演。"

　　第二天早晨，正像你们可以想象到的，湖边聚集了许多看热闹的猴子，大家都焦急地等待阿拉巴跳舞。

　　这时，只见皮皮"嗖"地一下爬上一棵大树，又顺着枝条，悬在半空中，尽量伸展身体，直到用尾巴尖搔到老鳄鱼的鼻子。谁知，当皮皮的尾巴刚刚触到老鳄鱼的时候，老鳄鱼猛地一张嘴，只听"喀哧"一声，一口就把皮皮的尾巴齐根儿咬断了。小猴疼得要命，大叫一声，跳下树来，匆匆逃走了。

皮皮快回到家里时，你们可以想象到他那副狼狈相。他用手向后一摸，哎哟，真糟糕，尾巴没有了！

可不是吗？老鳄鱼咬断了他的尾巴，一口吞进肚子里去了。

皮皮悲痛欲绝。在亲人的面前，自己没有了尾巴，那多难为情啊！想到这里，皮皮穿过一条荒凉幽静的小路，发疯似的东奔西跑，直到天黑下来，还不知道该到哪里去安身。

过度的疲劳使得皮皮连眼皮也睁不开了，他顺势躺在铺满枯枝败叶的小山坡上，想休息休息。

正当他快要进入梦乡时，耳旁突然响起一个很大的威胁的声音：

"还我的烟斗……"

皮皮被这突如其来的喊叫声惊醒了。他想跑，可是来不及了。转眼的工夫，他就被抓住，装进一个袋子里。那袋子被一只有四条腿的动物背在背上飞跑起来。

"驮着我的这家伙跑得真快呀！这是什么动物？"皮皮寻思着，吓得直打哆嗦，"要是狮子，我就完蛋了，要是老虎，那就更糟！要是土狼或金钱豹什么的，我也只有死路一条。唉，真倒霉。这到底是什么动物呢？"

还算幸运，那动物开始"咿呀咿呀"地叫起来了。这下子，皮皮那本来绷得紧紧的心才平静下来。对被装进袋子里进行神秘旅行的可怜的皮皮来说，这叫声是唯一的安慰。

第三章　皮皮滚进大河中，被渔民打捞上来

那动物驮着装在袋子里的皮皮，一口气跑了三天三夜。到了一个偏僻的乡村，那动物突然一声长啸，急忙停住，跳得老高，把袋子摔了下来。

因为那动物是在飞跑中猛然站住的，摔下来的袋子在草地上足足滚出去了半公里，可怜的小猴不知在黑暗中翻了多少跟斗。

皮皮想尽办法要咬破袋子，以便逃走。可以说，现在是他一生中最痛苦的时刻了。

他先用爪子乱抓一阵，没用；用牙使劲咬，也没用。他精疲力竭，肚子饿得咕咕响。这时，皮皮像小孩一样放声大哭起来。

"谁在哭啊？"一只偶然路过这里的胖乎乎的老鼠问。

"是我。我是只快要死了的小猴，你快……"他还没说完，就打了一个大呵欠。

"你快出来，快出来呀！出来就可以吃东西了！"

"说得容易，我可怎么出去呢？"

"怎么了？"

"没法子咬破袋子。"

"我来咬，保证能把它咬开。"

老鼠说到做到，他躺在草地上，用尽平生力气咬起来。可是，袋子比兽皮还结实，连一个小口子也没咬破。

"要多少时间才能咬出个小洞呀？"小猴急切地问。

"袋子太结实了，我大概咬四五个月，才能咬破一个小口子。"

"四五个月！"可怜的皮皮在袋子里尖叫起来，"五个月以后，你只能在袋子里找到我的尸骨和爪子了。"

小猴又抽抽噎噎地哭了起来，哭得比什么时候都伤心。

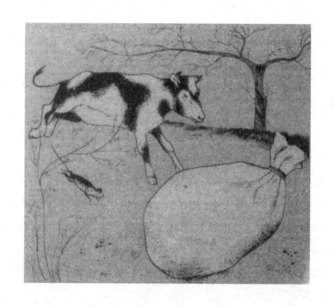

"谁在哭啊？"在附近吃草的一头小牛犊问。

"是一只遭到了大灾大难的小猴，他不能从袋子里出来了。"老鼠回答。

"怎么出不来了？"

"袋子太结实，谁也咬不破。"

"让我来。只要我用犄角顶它几下，就会把它撞破。袋子跟我的犄角相比，简直就像用莴苣叶做的。"

牛犊说罢，往后退了几步，然后低头向前猛冲，用犄角往袋子上狠狠撞了几下。

"哎哟，哎哟，把我撞死了！"皮皮在袋子里叫了一阵子，再也说不出什么来了。

让牛犊这么使劲一撞，袋子好像充满空气的气球似的又在地上翻滚起来。老鼠和牛犊在后面用力追赶，想阻止袋子继续滚动。谁承想，袋子越滚越快，老鼠和牛犊追得上气不接下气，舌头都露出来了，还是追不上。他俩整整猛追了一天，快要追上的时候，袋子滚了两下，掉进一条又深又宽的大河里，大河宽得连对岸都望不见。

第二天早晨，一些渔民"咚咚"地敲着一座美丽的宫殿的大门，小心地问给他们开门的仆人：

"小主人阿尔弗雷多起床了吗？"

"小主人正在餐厅里喝咖啡和牛奶。"看门的仆人回答。

"请禀告主人，就说我们今天早上从河里捞上来一只很显眼的袋子。"

"什么袋子？"

"正是主人日思夜想的那个袋子。"

守门人禀告了主人，然后又回到大门口，对渔民说：

"快进去！"

渔民扛着袋子走进屋里。到了主人跟前，渔民把袋子轻轻放在地板上。

"把袋子解开。"年轻人阿尔弗雷多说。

"主人，这袋子根本解不开。我们用刀子割不开，用斧头砍不开，用钻头钻不开，袋子比石头还要坚硬。"

"那么，用这个别针戳破它吧！"

阿尔弗雷多说着，从围巾上拔下一个金别针，只见偌大的一颗珍珠镶嵌在别针的顶端，珍珠上，还有一位披散着深蓝色头发的漂亮少女的雕像。

渔民们拿起别针一看，都呆住了。他们暗暗地想：

"这么一个小小的别针，怎么钻得透袋子呢？我们用刀子割、钻头钻都弄不破。"

"快把袋子戳开呀！"阿尔弗雷多以命令的口吻说。

渔民只好遵命，试探着用别针去刺袋子。真想不到，那别针一戳，竟迅速地刺了进去，就好像刺进米粥和奶皮那样，刺了几下，袋子就分成了两半。可怜的小猴暴露在光天化日之下，不知所措，狼狈得很，只有一点气息了。阿尔弗雷多掐着小猴的脖子，把他提起来，用一杯热牛奶洗了洗他的嘴巴。

皮皮慢慢苏醒过来，张开了嘴。阿尔弗雷多把一块糖和一片黄油面包放进皮皮嘴里，皮皮一口就吞下，连嚼都没嚼。

皮皮睁开眼，目不转睛地凝视着这个富有同情心的年轻人，感谢他无微不至的关怀和热情的照顾。

皮皮狼吞虎咽，吃了一些牛奶、黄油面包和糖果，元气大振，在地上又蹦又跳，还直立行走，亲吻着赐福给自己的那个年轻人的手。

渔民都是善良的人，看着眼前的情景，激动得泪流满面，不断擦着湿漉漉的眼睛。小主人阿尔弗雷多对他们说：

"请你们关上门，回去各干各的事情吧。我很想和小猴畅谈一番。"

第四章　皮皮成了年轻人阿尔弗雷多的朋友

阿尔弗雷多和皮皮在一起，互相看了好半天，既不做声，也没有什么动作。

他俩对看了好一阵子。阿尔弗雷多终于忍耐不住，突然捧腹大笑起来，小猴也跟着笑起来。谁也不知道他俩为什么这样哈哈大笑。他俩像中了魔似的哈哈大笑，简直如同不懂事的孩子傻笑那样。

笑够了，阿尔弗雷多问皮皮：

"你叫什么名字？"

"皮皮。"

"你姓什么？"

小猴想了想，然后敏捷地摸摸脑袋说：

"我没有姓，就叫皮皮。"

"你几岁了？"

"我比所有兄弟都小。"

"你兄弟几岁了？"

"他们都比我爸爸、妈妈年轻。"

"我都明白了。"年轻人抿嘴一笑，接着又问，"你的尾巴呢？"

"不知道。"

"怎么会不知道呢？"

"我是在路上丢掉的，我糊涂了。"

"一只小猴子在路上丢了尾巴，自己居然不知道？这不可能，我不相信。"

"也许我把尾巴忘在家里了。我是匆匆忙忙动身的，没有来得及检查是不是所有的东西都带上了。"

"皮皮，请告诉我，你撒过谎没有？"

"有几次……特别是当我说实话有点儿难为情的时候，我就……"

"撒谎对你没有好处，你不应该撒谎。"

"我再也不撒谎了。"

"那就好。跟我说实话，你的尾巴到底是怎么丢失的？"

皮皮没有马上回答，开始揉揉眼睛，抽泣着说：

"我的尾巴被人家吃掉了。"

"是谁？"

"是一条叫阿拉巴的、会吞吃火焰的老鳄鱼。"

"他是怎么把你的尾巴吃掉的？"

"我爱打打闹闹。我只不过跟老鳄鱼开开玩笑，没想到他那么狠心，竟然把我的尾巴给吃掉了。"

"唉，你真是可怜的皮皮。"

"我的尾巴是多漂亮啊！喂，先生，您叫什么名字？"

"我叫阿尔弗雷多。"

"姓什么？"

"我就叫阿尔弗雷多，没有姓。"

"噢，没有姓氏的阿尔弗雷多先生，您要是看见我的尾巴，一定会称赞的。那是我的全部财产。"

"你为什么从家里逃出来？"

“我不是逃出来的，是人家把我装进袋子里带走的。”

“你现在打算怎么办？”

“我没有什么打算。知足者常乐，我只要有吃有喝，又有闲心散步，就心满意足了。”

“你说的倒是实话，谁供你吃喝呢？”

“我想依靠您。”

“可以。我可以让你吃饱喝足。但是有个条件，你必须学会自己管理自己。你会劳动吗？”

“实话说，我不会。看到别的动物干活儿，我倒很会跟他们开玩笑。”

“你愿意做我的仆人吗？”

“那还用说！”皮皮高兴地回答，同时用力搓着前肢。

“过几天，”年轻人阿尔弗雷多说，“我要作一次远航。在远航中，你愿意成为我的仆人和我的冒险的伙伴吗？”

"好极了!"

"每顿早餐,我让你吃五个梨,五个杏,一块香甜可口的面包。你爱吃面包吗?"

"再好不过了!"

"你和我共进午餐。我让你吃一盘桃、草莓和杏。你喜欢吃杏吗?"

"美极了!"

"每顿晚餐,我让你吃八个核桃仁,四个无花果。你喜欢吃无花果吗?"

"真是棒极了!"

"你要是老做蠢事,乱发脾气,咱们可有言在先,我这条小鞭子要往你身上抽。你喜欢挨鞭子吗?"

"先生,我更喜欢吃无花果。"皮皮吱吱地叫唤着,不断地用前肢挠头。

"你接受我的条件吗?"阿尔弗雷多追问。

"除了挨鞭子,我什么都接受。"

"如果这一条你不接受,你就趁早走开。"

"先生,您那小鞭子可得慢慢地、轻轻地抽我,不要抽得太猛太重,把我抽得皮开肉绽的,行吗?"

"这要看你的表现怎么样。"

"好吧,从现在起,我就是您的仆人,您的随从,您的远航伙伴。"

这时,阿尔弗雷多走向餐桌,按了按银制的电铃。

随着"丁零零"的铃声,原来的那个仆人在门口出现了。

"快吩咐裁缝,把那个装着各色衣服的篮子拿过来。"

仆人走出去了。二十分钟以后,裁缝拎着篮子走进屋里。

"你给这个小猴穿上件仆人的工作服。"阿尔弗雷多说。

裁缝不敢怠慢,先从篮子里挑出一双小皮鞋给皮皮穿上。这双小皮

鞋擦得干干净净，闪着亮光，开口的地方还装饰着丝织的流苏。接着，裁缝给皮皮穿上一条红色的裤子，在膝盖以下套上一双跟陈旧的橄榄颜色差不多的小绑腿。又给皮皮围上一条浆洗过的、烫得平平整整的领带围巾，穿上黄色衬衣和黑色的燕尾服，戴上饰着帽徽的圆帽子。经过这一番精心打扮，皮皮完全像个有身份的人家的用人，简直成了一尊彩色塑像。

看到皮皮全身打扮起来，阿尔弗雷多说：

"真了不起，真了不起！来来，来来，往前走，你照一照镜子看。"

小猴平时动作敏捷，走路从容不迫，可是穿上了鞋子，走路不习惯了。他刚一迈步就滑倒了，摔了个仰面朝天。

你们可以想到，阿尔弗雷多和裁缝是笑得多开心。

可怜的皮皮想要站起来，可怎么也立不起来。费了九牛二虎之力，他才踮起脚，刚刚站起，又在油漆过的砖地上滑倒了，嘴巴重重地撞到地上。最后，他终于站了起来，可已经碰得鼻青脸肿了。皮皮泣不成声地对小主人说：

"我不会穿鞋走路，我想光着脚丫子走。"

"不要怕。"阿尔弗雷多说，"你别着急，用不了多久你就会习惯穿鞋走路的。在这个世界上，习惯成自然。"

"那我就得忍受巨大的痛苦。"

"没法子，忍耐一下就会好的。在这个世界上，正像我爸爸说过的，坚持就是胜利。"

小猴第二次向前挪动步子。这次，他前肢平伸，小心翼翼，慢慢地迈着碎步，好像是在薄冰上行走。走到镜子跟前，他看了一眼，便惊恐万状地后退了一步，绝望地大叫起来：

"哎哟，我怎么变得这样丑？我可怜的妈妈呀，人家就是这样糟蹋您的心肝宝贝的！这根本不是我，根本不是皮皮，根本不是……他们给我穿上了人的衣服，使我变成了可怕的魔鬼。我再也不想待在这里了，我要赶快逃走，回到家里去。我再也不穿这种衣服了，再也不要……再也不要……"

皮皮吱吱地叫唤着，蜷缩在地上，脱掉鞋，摔到壁炉上；摘掉帽子，向裁缝的脸上扔去，解开围巾，猛地向上一跃，跳出窗户，沿着田野迅速地跑着……

可怜的皮皮跑呀跑呀，还没跑出一百步，就觉得自己的裤子不知被

什么拽住了。原来，他被一条大的纽芬兰犬死死咬住了，把他从地上叼了起来。

第五章　皮皮答应跟朋友阿尔弗雷多
去远航，但不愿履行诺言

纽芬兰犬是狡黠、机灵、讨人喜欢的狗，对主人忠心耿耿，是人类的好朋友，他要是会说话，简直可以是个人了。大家给他起了个外号"菲力吉纳"，意思是"乌黑"，就像烟囱内壁那样黑乎乎的。

阿尔弗雷多发现皮皮逃跑，就向菲力吉纳吹了声口哨，菲力吉纳三步并作两步，追上小猴，从后面咬住他的裤子，把他叼到主人面前。

"你为什么逃跑？"阿尔弗雷多以责备的口吻说。

"因为……因为……"

"你快说呀！你要老老实实地回答。"

"作为小猴，我想回到爸爸、妈妈和哥哥那里去。穿上人的衣服，太难看。我不想打扮成人样。"

"那你刚才不是同意了跟我去远航吗？"

"我原来想的是一回事，实际上却是另一回事。"

"这么说，你是要走了，对吗？"

"我可以马上走……可是您别让刚才那条黑狗跟着我，不然，过不了五分钟，黑狗会不费吹灰之力把我叼回来的。"

"不要怕这怕那的，没有我的命令，菲力吉纳不敢挪动一步。你家离这里多远？"

"很远，好多好多公里。"

"上路前，你想吃点东西吗？"

老实说，小猴一点儿也不饿。可是他嘴馋，便装出害羞的样子，低着头回答：

"是想吃点儿什么。"

阿尔弗雷多按了按电铃，仆人把一筐熟透了的桃子放到桌子上。

小猴简直不是吃，而是一下子把桃子吞进肚子里。

吃完桃子，皮皮又看见一篮子个大、发亮、熟透了的樱桃。这樱桃，谁看了都会流口水。皮皮一口气吃三四颗，转眼工夫，吃了个精光。他不想让人家说他是个缺乏教养的小猴，就没有把果核、果皮、枝叶和茎梗也都一扫而光。他觉得吃的水果都快撑到嗓子眼儿了，便从桌旁站起

来，有礼貌地对主人说：

"再见，阿尔弗雷多先生！请原谅我给您带来的麻烦，十分感谢您的款待。"

"再见，皮皮，祝你一路平安。后会有期。"

小猴就要走了。恰巧这时，仆人又提着一篮水果走了进来，皮皮顿时闻到一股诱人的清香。

"那是什么水果？"皮皮后退两步，问道。

"那是枸杞子。"阿尔弗雷多回答，"这是我特意为你准备的晚餐。"

皮皮低下头想了一会儿，自言自语：

"没法子，要忍耐一下啊！"

皮皮似乎下定决心了，再次向门口走去。

然而，他走到大门口，在那里磨蹭了几分钟，又回过头来，问阿尔弗雷多：

"先生，请问现在几点钟？"

"正是中午。"

"中午？那我回家可有点太晚了。"

"怎么会晚呢？现在离傍晚还有七个小时，可以走很长一段路呢！"

"说得对！说得对！再见，阿尔弗雷多先生。我给您带来很多麻烦，请您原谅。多谢您的款待。"

看起来，这次皮皮真是要走了。可是，十五分钟以后，他喘着粗气又回来了。

"你又有什么新花招儿？"年轻人问。

"这是意想不到的事情。"皮皮回答，"这燥热的太阳把我眼睛照得睁不开了。请借我一把布伞，我好遮遮太阳。"

"好吧。"

阿尔弗雷多招呼仆人送来一把精制的布伞，伞面上画着漂亮的深绿色的大片树叶。

皮皮撑开阳伞，在房间里踱来踱去，却还目不转睛地盯着那篮子枸杞子。

"我的朋友，"阿尔弗雷多说，"你要再耽搁，天就黑了，你就只好夜间赶路了。"

"我不习惯白天走路。"皮皮回答，"晚饭以后我离开这里不是更好吗？"

"这你自己拿主意，我不多管。"

阿尔弗雷多说完，脸上浮现出讥讽的微笑，心想：

"好吧，可爱的小饭桶，我十分清楚你的毛病，看我怎么收拾你吧。"

吃晚饭的时间终于到了。皮皮不等主人邀请，就跟阿尔弗雷多坐在一张餐桌前。但是，阿尔弗雷多严肃地说：

"你为什么坐在这里？"

"吃晚饭啊！"

"凡是来我这里就餐的，都要穿戴整齐，还要讲礼貌。你快去穿外衣！"

"我穿上外衣……我穿上外衣就不会吃饭了。我不想穿着衣服吃饭。"

"那么，请你靠边站，退到大厅的那一头，看着我吃饭吧！"

皮皮见阿尔弗雷多说话态度挺严肃，便哭泣着吱吱叫唤起来，从屋里跑出去了。可是，过了一会儿，他又回来了。

皮皮穿着外衣，系着纽扣，活像个小贵族。

"这就好啦！"阿尔弗雷多说，"来来，来来，快吃晚饭！"一篮枸

杞子放到桌子上。

十五分钟以后，篮子空空的了。皮皮吃得快撑破肚皮，再也吃不下去了。

"现在我真的要走了。"说着，皮皮匆匆忙忙地从桌旁站起来。

正当他吃力地脱外衣的时候，仆人又托着一大盘红彤彤的石榴走进了客厅。

"味道真好啊！"皮皮大声嚷道，两眼死死盯着水果盘，"那石榴是给谁预备的？"

"那原是为你准备的明天的早餐，可你现在要走，只好由我来吃了！"

"我是想走，可我夜间不会走路，明天早餐以后我再走不是更好吗？"

"好，你的卧室已经准备好了。再见，祝你晚安！"

第二天早餐的时候，皮皮穿着黑色外衣，准时来到餐厅。阿尔弗雷多从上到下打量了皮皮一番，然后说：

"只顾身上穿外衣，可是不穿鞋，不披围巾，是谁教给你的？还不赶快去穿鞋，系领带？"

皮皮狼狈不堪，直愣愣地站在那里抓耳挠腮，哭哭啼啼、喃喃地说：

"哎哟，我穿上鞋不舒服，系上围巾又会把我勒得紧紧的，我现在就离开这里回家去。"

"好，你走吧！"

皮皮慢慢腾腾地向餐厅的门口走去，离开门口的时候，还回过头来，向那一盘红石榴瞥了一眼。

　　"真遗憾，这次他是真要走了。"阿尔弗雷多伤心地自言自语，"我倒挺喜欢这只小猴。要是好心肠的仙女知道我把他放走了，会说些什么呢？正是她让我在这间屋子里认识皮皮，让我委任他做我的随从和远航伙伴的。"

　　正当他喃喃自语时，忽然听到敲门的声音，还听到门口有人说：

　　"阿尔弗雷多先生，是您叫我吗？"

　　"你是谁？"年轻人站起来高声问道。

　　"是我。"

　　门开了，小猴皮皮站在门口。

　　他脚上穿着松口的鞋，脖子上系着浆洗过的围巾，僵直地站在那里，像根木柱子似的纹丝不动。

　　阿尔弗雷多高兴地迎上前去，和皮皮发疯似的拥抱接吻，活像二十年没见面的知心朋友。

　　他俩发誓永不分离，要一同去作一次周游世界的远航。

　　客船终于到达了。

　　客船将要启程的当天晚上，阿尔弗雷多像往常一样，和皮皮共进晚餐。他俩边吃边说，天南地北，海阔天空，笑话谜语，无所不谈，就像两个开始度假的小学生那样高兴。

　　后来，阿尔弗雷多站起来，看看手表说：

　　"客船午夜起锚开航，还有一个小时。我们可以检查检查行李箱，穿上远航的衣服。"

　　"只要五分钟，我可以完全准备好。"皮皮说罢，手舞足蹈地走回卧室。

　　在卧室里，他马上脱下黑西服上衣，穿上一件白色的小外衣，脱下

开口小鞋，穿上有两层鞋底的长筒靴；摘下普通的帽子，戴上一顶蓝色的、小巧玲珑的丝织贝雷帽。然后，他照照镜子，装模作样地咂着嘴，翻眼皮，做各种稀奇古怪的动作……正当他万分高兴的时候，突然听到窗外有轻微的"沙沙"声，好像有什么动物爬到窗台上。

皮皮吓得心惊肉跳。他鼓足勇气，打开窗户，冷不防被两只前肢紧紧搂住脖子，听到一个由于兴奋和宽慰而压低了嗓音的温柔声音：

"哎呀，可怜的皮皮，我可找到你啦！"

第六章　皮皮尽情欢乐，没有履行诺言

皮皮一下子认出来，这是爸爸的声音。他激动得大喊大叫起来：

"爸爸，您怎么这个时候到这里来？"

"我到处找你，找了整整一个月了。"

"妈妈在哪儿？"

"在这块田地的尽头。"

"哥哥呢？"

"也在那里等你。"

"等我干什么？"

"等着你回去。"

"我多想见见他们啊！"

"好，那就跟我走吧！"

"我想走，这没说的。可是，现在不能……不能去。"

皮皮说着，抓耳挠腮，抽抽搭搭地哭了起来。

"为什么不能去呢？"爸爸也抽搭着问。

"因为我答应过一个朋友……"

"你答应他什么了？"

"我答应他今天晚上乘船离开这里，陪他去环球旅行。"

"你为了陪朋友去玩，居然要抛弃全家人。你知道吗，没有你，我们会痛苦得活不下去的。"

"爸爸，您别这么说。要不，我就说话不算数了。"

"你什么时候走？"

"还有几分钟。"

"你起码该和你妈妈和哥哥见见面再走呀！"

"要是阿尔弗雷多先生恰巧在这时候叫我怎么办？"

"阿尔弗雷多先生是谁？"

"我的那位朋友。"

"他要叫你，就让他叫好啦。"

"如果客船离开了怎么办？"

"就让它离开好了。"

皮皮找到了不信守诺言的借口，高兴得手舞足蹈，摇头晃脑地说：

"我要将计就计，远航前，无论如何也要去看看妈妈和哥哥。"

说到做到。皮皮爬上窗台，纵身一跃，跳到下面。这时，可以听到某种物体的坠落声，好像一块石头掉进满是污水和烂泥的阴沟里。

"爸爸，快救命呀！不然我就活不成了。"是皮皮在绝望地叫喊。

到底发生了什么事情？

原来，几天前的滂沱大雨使这块土地变得软绵绵的，皮皮摔到上面，马上陷下去了，一直陷到脖子那儿。

还算幸运，爸爸及时赶到，救了他。皮皮从稀泥里出来，发现长筒靴不见了，埋在一米以下的泥浆里了。

"没关系，"皮皮说，"上船前还能再买一双。"

爸爸和皮皮怕耽搁时间，马上沿着田间小路飞奔起来。还没跑上二十步，空中飞翔的一只夜鸟叨走了皮皮的贝雷帽。

"不祥的鸟，快把帽子还给我吧！"皮皮声嘶力竭地喊叫着。

"咕咕，咕咕。"夜鸟叫着，高高飞远了。

"别着急，上船前，我反正还要买一顶呢。"皮皮自我安慰着。

爸爸和皮皮继续飞跑。可是，从篱笆中伸出来的大片荆棘的尖刺扯住了皮皮的裤子和外衣，把它们都撕成碎布条了！

"现在我没有裤子和上衣了，这可怎么办呀？"

"没关系！"爸爸对他说，"上船之前，反正你可以再买嘛！"

"哎哟，我是多么不幸，多么不幸啊！"皮皮装作深深遗憾的样子叫嚷着，"我远航穿的服装只剩下衬衣和围巾了。"

皮皮说着，用前肢去摸衬衫，没摸到，却在身上摸到用苎麻做成的工装；又去摸围巾，也没摸到，却摸到一条像海中的鳗鱼一样的大蛇。那条蛇"吱溜"一下子，从皮皮的前掌里滑走了。

第七章　没有履行诺言，皮皮后悔了

当可怜的皮皮摸到了那条缠绕在脖子上的蛇时，立刻吓得要死。

他想呼喊，可舌头像是粘在上颚上了；他想飞跃，可是两腿不听使唤，好像死人的腿想走路一样。

皮皮终于再也支持不住了，脸色惨白，顺势瘫倒在地上，用细弱的声音说：

"我要死了！我要死了！"

"你感觉怎么样？"爸爸神情沮丧地问。

"很不好。"

"你到底什么地方不舒服？"

"全身都不好受。"

"到底什么地方？"

"我得了恐惧症。"

"这种病讨厌极了，什么医生都开不出药方来，你要拿出点勇气来才好。"

"我试试看。"

"现在感觉怎么样？"

"更糟了。"

"你怎么变成了这个样子？"

"爸爸，空前的灾难从天而降。"

"你怎么知道的？"

"这几分钟里，接二连三地出现了不祥之兆。您记得我那崭新的长筒靴陷进泥浆里吗？我的上衣、裤子不是被讨厌的荆棘撕成碎布片了吗？细布的衬衫不是转眼变成了苎麻做的工装服了吗？还有，刚才那条讨厌的蛇不是从我手里滑走了吗？喏，您瞧，他就在那儿，一直在那儿……"

"谁？"

"蛇呀！"

爸爸顺着皮皮指的方向望去，果然见到一条大蛇在黑沉沉的夜色中闪烁着火焰般的红光，像一条水晶蛇，两眼像车灯那样明亮。

那蛇伸长脖子，炯炯有神的眼睛一动不动地凝视着皮皮。

"你想干什么？"皮皮壮了壮胆子，问道。

"我带来了阿尔弗雷多先生对你的问候。"蛇回答道。

"可怜的阿尔弗雷多先生，他开始远航了吗？"

"已经走了几分钟了，他说，你曾经答应陪他去远航。"

"没错儿，没错儿！也许我明天离开，希望能在海上碰到他。"

"我也希望你能说到做到。我的活宝，你要牢牢记住：不管发生什么情况，都要信守许下的诺言。你懂吗？"

蛇说完，刹那间便消失在黑夜中，再也看不见了。

听了蛇的话，皮皮像被猫抓了似的难受，他真想说声"爸爸再见"，然后找最近的路向海边跑去。正当他犹豫不决时，只见熊熊燃烧的火把来回飞舞，而且听到了笛子、曼陀林和手鼓演奏的优美的欢乐曲子。

"为什么奏乐？那火焰是什么意思？"皮皮好奇地问爸爸。

"那是你哥哥打着火把，吹奏着曲子来欢迎你。"

"哎呀，真精彩！真开心！爸爸，我们快跑，快跑呀！"

他们沿着小路飞跑，皮皮忽然觉得浑身是劲，像是长了飞毛腿，像是一只小鸟在天空中飞翔。

老实说，谁也找不出适当的语言来描绘兄弟们重逢的热烈场面，那是谁看了都会受感动的；不过，没看见，那谁也想不到了。哥哥们

满以为小弟弟永远失踪了，现在看到他终于回来了，高兴得欢蹦乱跳，觉得小弟弟的撒娇和放肆都是很好玩的。哥哥们一齐跳到小弟弟身旁，发疯似的拥抱、亲吻、抚摸，把皮皮折腾得连气都透不过来，想跑也跑不开。

他们向皮皮倾吐着积压在内心的情感，齐声大喊："晚饭！晚饭！"说着，围着篮子席地而坐，篮子里有桃子、杏和无花果。他们边吃边说，交头接耳，嬉戏打闹，装着怪样。

他们尽情地吃呀，喝呀，好像两个星期没吃过东西似的。猴子们喝的饮料像我们喝的红葡萄酒，半小时以后，他们全都喝得醉醺醺的，倒在地上，像懒猪似的鼾声如雷，很快进入梦乡了。

当他们正在做美梦的时候，突然，一个令人毛骨悚然的声音大叫：

"不许动，谁动谁倒霉！"

第八章　戈拉塞卡一伙强盗包围了皮皮全家，把可怜的皮皮装进口袋带走了

你们可以想象得到当时的情景。皮皮一家被这突如其来的声音惊醒，腾腾地跳了起来，睁开眼睛，看到被一伙杀人强盗包围住了。强盗们手执棍棒，身佩刀剑，全身武装，凶神恶煞一般，比鬼怪的黑影还难看。

"我们太倒霉了！只有死路一条了！"皮皮的哥哥们大喊大叫。

"怎么会死呢？"皮皮说，"我告诉你们，死可不是那么容易的。"

"那面目狰狞的到底是什么人？"一个哥哥问。

"可以猜个八九不离十，他们是一伙杀人强盗。"另一个哥哥回答。

"他们想干什么？"

"想偷我们的钱。"

"偷钱？"皮皮笑嘻嘻地说，"我的好哥哥，你们有多少钱？"

"一个也没有。你呢？"

"我嘛，"皮皮回答，"我只有三分钱。"他摸摸鼻子继续说，"什么强盗不强盗的！我看他们都是胆小鬼，谁也不敢向前移动一步。"

皮皮说对了。那些难看的黑影围成一圈，像木桩似的僵立着，纹丝不动，不眨眼，也不说话。

皮皮站在圆圈中，不慌不忙地说：

"喂，先生们，请高抬贵手，让我们过去好不好？"

没有人回答，也没有人出声。

"谢谢你们了，"皮皮接着说，"我们家真可怜，放我们回老家去吧！"

和刚才一样，还是没有任何一个人吭声。

"我懂了，非常感谢你们。我的好爸爸，快，快，快来呀！快从这些人的头顶上跳过去，在大路口等我们。"

爸爸纵身一跳，过去了。妈妈和四个哥哥也跟着过去了。

"现在该轮到我了。"皮皮说。

他孤零零地留在强盗围成的圈中，准备奋力跳出圈外。可是，这时那些杀人强盗都变长了，变高了，变得有钟楼那么高。

"皮皮！皮皮！"已经在圈外的哥哥们绝望地叫着。

皮皮连回答的气力都没有了。

"你想干什么？"强盗头头打破了难以忍受的沉默，问皮皮。

"我想回家。"

"可怜啊，你是自己欺骗自己！你回不了家！"

"没关系，回不了家，我愿意留在这里。"

"不成，你要跟我走。"

"跟您走？就是把我捆起来，我也不走。"

"你一定得跟我走。"

"送我一百篮樱桃我也不跟您走。"

"你一定要跟我走。"

"我死也不走。"

强盗头头不再说什么，就弯下腰，掐着皮皮的脖子，把他放进上衣口袋，扣紧了纽扣，口袋好像安上了三个车轮，箍得牢牢实实。

"现在我们可以走了。"强盗头子对伙伴们说完，他们便向大路走去。

皮皮的哥哥们绝望得哭喊连天，尖声向小弟弟吱吱地叫，但是得不到任何安慰，只见皮皮的四条腿露在口袋外面，还在乱蹬，拼命挣扎，期望着有人能助他一臂之力。

第九章 在苍蝇客店里

这一伙杀人强盗走了二十多公里，凶恶的头子戈拉塞卡在田野中停下步，用嘶哑的声音对伙伴们说：

"现在你们可以回到黑窝棚去，到那里等我。四五天以后再见。"

"老师，您不是说打算带点吃的东西吗？"一个面目可憎的人问。

"我不带什么吃的了。"

"这不好。您半路上饿了怎么办？"

"没什么。路上找不到东西吃，我可以忍耐一会儿。"

"那您真饿了可怎么办？"

"我就把装在口袋里的小猴吃掉。"

可怜的皮皮听了他们的对话，吓得直抓鼻子、摸耳朵。

"要是您吃了小猴，"还是那个面目可憎的人问，"天蓝色头发的仙女会说些什么呢？"

"仙女不会责备的，我答应把不管是死是活的皮皮交给她。我吃了皮皮，会把皮毛保存好，以便让仙女看看，证明我圆满完成了任务。"

"老师，您说得有理。祝您一帆风顺，后会有期。"

强盗们告别了头子，抖抖涂满黄蜡白布裹着的双臂，像一群嘈杂的乌鸦扑腾扑腾地走了。

戈拉塞卡一个人走上了自己的旅途。他越过田野、河流、森林，一刻也没停息。

走了两天两夜，他听到口袋里发出沉闷的哭哭啼啼的声音，好像是从地底下发出来的。

"我就要饿死了！饿死了！"

戈拉塞卡默不做声，捋捋长长的山羊胡子，只管飞快地走路。

几分钟后，那个沉闷的声音继续哀求：

"先生，给我吃一粒葡萄、一粒樱桃、半个梨，好不好？我有好多天没吃东西了，饿得心里发慌，肚子咕咕直叫。这些您都是很清楚知道的。"

"你要是饿了，"戈拉塞卡粗鲁地冷笑一声说，"你就胡乱翻我的口袋，可以找到美味可口的食物吃，足够你撑破肚皮的。"

"我在口袋里折腾三天了，什么吃的也没找到。"

"那你就啃我的口袋衬里儿？"

"第一层衬里我吃光了，第二层太硬，我啃不动。"

"你真吃了！"戈拉塞卡勃然大怒，"该死的猴子，到了苍蝇客店，我再跟你算账。"

夜幕降临了。

这个夜晚漆黑一团，天气恶劣，阴森森的，真可怕，天空中浓云密布，闪电雷鸣，接连不断。树木在狂风中呼啸着，猛烈地摇晃，有的被狂风连根拔起。

午夜时分，戈拉塞卡来到了苍蝇客店。客店早已关门。他敲了一下，两下，三下，没人应声。于是，他扯开嗓子高声大叫：

"小蜡烛，快开门，快开门！是我。"

"小蜡烛"是店主的名字，这是人们给起的外号。他身长，腰细，脸色苍白，真像根黄色的小蜡烛。

他的客店白天营业。天一黑下来，他怕惹是生非、招来麻烦，便早早关上房门，熄灭炉火和油灯，上床睡觉。

他一上床，就不打算给任何人开门，即使天崩地裂也不开门。不久前，有几个夜间旅行者在森林中迷了路，敲苍蝇客店的门，小蜡烛听到了，假装睡着，就是不开门。

戈拉塞卡看大门怎么也不开，知道是店主在故意为难他。想个什么办法对付？只见戈拉塞卡伸长双臂，伸直双腿，再伸长，再伸直，终于变成了一个高大魁梧的巨人，那客店的屋顶才到他的肚子。

戈拉塞卡开始干起活来。他揭开屋顶，瓦片纷纷落下，像是随风飘舞的树叶。

小蜡烛被这突如其来的骚扰声吓坏了，急忙把头伸出被单向外探望，装作刚被惊醒的样子，用颤抖的声音问道："是谁叫我？"

"是我。"戈拉塞卡弯下身子，把头伸进屋顶上被揭开的一个窟窿回答。

这个窟窿正好对着小蜡烛的卧室。借着夜间黯淡的灯光，他看见天花板上那杀人强盗头子狰狞的面孔，刹那间被吓得血液都要凝固了。

"戈拉塞卡先生，您有什么吩咐？"小蜡烛害怕得上气不接下气地说。

"我有什么吩咐？我想抓住你的一绺头发，把你扔到一千里以外去！你还不快起床，给我准备晚饭！"

"哎哟，我的妈呀！请您千万手下留情，饶我一命。"

"你不值得同情和怜悯。"

"您起码可怜可怜我的孩子。可怜的奎都契奥啊，如果他孤零零地

留在家里，准会被狼吃掉的。"

"不不，不不，我……我可不想被狼吃掉。"睡在小床上的店主的儿子在睡梦中说。

戈拉塞卡听到了孩子的声音，稍稍改变了态度，语气缓和了些：

"我的好店主，快快，快起床，给我准备晚饭。"

小蜡烛服从了这一道命令，他要起床了。因为被吓得六神无主，心里突突直跳，他连衣服怎么穿都不知道了。他以为穿上了袜子，其实是双脚蹬进了贝雷帽，发现穿错了，又先穿鞋，把袜子套在鞋上。他先穿外衣，再把衬衣套在外衣外面。手里拿着裤子竟不知道是干什么用的，他把裤子叠起来，锁到柜子里去了。

小蜡烛走下楼梯，开了客店的大门。

戈拉塞卡恢复了正常人的个子，抖着湿淋淋的衣服，走进屋内，一屁股坐在布置好的桌子旁，问小蜡烛：

"你给我准备了什么晚餐？"

"可以如愿以偿，您只管吩咐。"

"有肉吗？"

"没有。"

"有奶酪吗？"

"没有。"

"有面包吗？"

"没有。"

"那让我吃什么？"戈拉塞卡直摇晃脑袋，几乎要发作了。

"如果阁下想品尝水果……"

"有什么水果？"

"樱桃、杏仁和桃子。"

"给我一盘桃子。"

"给我一大盘樱桃。"从戈拉塞卡口袋里发出的一个声音说。

"那是谁想吃樱桃?"小蜡烛战战兢兢地问,又被吓得瑟瑟发抖,露出惊愕的神色。

"皮皮,别着急!"戈拉塞卡把牙齿咬得咯咯直响,打断皮皮的话,"你会吃到樱桃的。等你出来以后,无论如何,我要跟你算账!"

说着,他解开上衣口袋的扣子。皮皮呢,一点儿也不客气,噌地一下子跳到桌子上,一屁股坐到盛汤的搪瓷盆上。

第十章　苍蝇客店的花猫南尼受骗上当,钻进 戈拉塞卡的口袋,扮演皮皮的角色

戈拉塞卡圆瞪双眼,怪叫人害怕的。他转过脸来,问皮皮:

"是谁吃了我口袋的衬里?"

皮皮不理睬戈拉塞卡的话,先是东张西望、神色不安,后来目不转睛地望着杀人强盗头头,温柔地说:

"先生,我跟您讲实话,您高兴不?我从来也没见到过像您这样漂亮的胡子!您的胡子全世界都少有!"

"什么胡子不胡子的!你不要把话岔开。到底是谁吃了我口袋的衬里?"

"要说胡子嘛,确实数一数二,没得说了。"皮皮接着说,"谁都知道,您是性情最温和的人了。您有一颗待人诚挚的心!您虽然穿着强盗

的外衣，实际上确是很有礼貌的。"

"什么温和不温和，好心肠不好心肠的。我是问，是谁吃了我口袋的衬里儿？"

"要说心肠好，不用多说，谁都知道，您原来是一位漂亮英俊的男子，您要我说实话？我见过许多漂亮的美男子，可像您这样相貌出众的，我可从来没见过。"

"那你是在三十年前见过我吧？"戈拉塞卡说着，捋了捋长胡子，装作优雅的仪态说，"这么说，我真是漂亮了！喂，小蜡烛，你说我漂亮不漂亮？"

"我和您第一次见面的时候，就认为您是太阳，而且是中午的太阳。"小蜡烛答道。

"如今您是傍晚的太阳。"皮皮接着说，"是灿烂的夕阳，比黎明的曙光更可贵。"

"亲爱的皮皮，我发现你很有才气。我喜欢你。"戈拉塞卡激动地说，"你从汤盆上跳下来，和我一起就餐吧。小蜡烛，请端来桃子和樱桃，款待我的朋友皮皮，皮皮是只诚实可爱讲、真话的小猴。他要是遇到一个漂亮的美男子，就会当着对方的面，直截了当地说：'你就是世界上最俊美的人。'"

说罢，他俩食欲大振，大口大口地、不停地咀嚼起来，吃饭的时间拉得很长很长。

吃完晚饭的时候，小猴突然问戈拉塞卡：

"先生，我想打听一下，您准备把我带到什么地方去？"

"带到有天蓝色头发的仙女家里去。"

"这个好心肠的女人对我有什么要求？"

"她生气了。"

"为什么？"

"她说，你曾经答应陪她儿子周游世界，可是你没有信守诺言。"

"从这里到仙女家有多远？"

"一千公里还多。"

"我才不去呢！"

"你可以不想去，"戈拉塞卡严肃认真地说，"可是我要强迫你去。"

"你不能强迫我。"

"为什么？"

"我会逃跑的。"

"你想跑？"杀人强盗头头像受伤的野牛似的咆哮起来"不管发生什么情况，你都得回到我的口袋里。明天清晨，我们离开这里。"

　　戈拉塞卡说着，紧紧掐住皮皮，又把他放进黑沉沉的口袋里，扣紧三颗纽扣，好像安上了三个车轮，箍得牢牢靠靠。然后，戈拉塞卡脱下外衣，放到椅子上，脑袋靠到墙壁上，对小蜡烛说：

　　"我打一会儿盹，不要忘记在天亮的时候喊醒我。"

　　"您只管放心睡好了。"店主说完，点着一根蜡烛，回到自己的卧室。

　　要知道，戈拉塞卡有个坏毛病，就是睡觉打呼噜。他打起呼噜来，真是惊天动地，嘴里发出长长的嘶鸣，好像小鸟见了猫头鹰发出的悲哀叫声。

　　听了鼾声如雷的呼噜声，小蜡烛那只漂亮的大花猫南尼踮起脚，静悄悄地走进屋里，嗅嗅这里，闻闻那里，大概是想找几只出笼的小鸟吧。

　　大花猫没有发现小鸟，倒是看见了放在椅子上的外衣，闻到从口袋里飘散出来的暖洋洋的稀奇古怪的肉味。

　　"是什么动物装在里面？"大花猫南尼自言自语，"是只老鼠？不像。看来比老鼠大得多，也许是块牛排。也不是，因为不是熟肉的气味。那是什么呢？"

　　南尼又开始嗅起来，反复闻了好多次，也不知道那是什么气味，好像是谁也看不懂的天书似的。

　　当南尼打着主意，心里乐滋滋的时候，听见轻微的"沙沙"声，立刻竖起耳朵、悉心倾听。

　　"吉吉里吉！"口袋里发出很细很细的声音。

　　"是只大公鸡！"南尼欣喜若狂，喵喵直叫，"是只大公鸡，没错儿！可气味又不像是鸡的呀？但话说回来了，这些该死的鸡是很狡猾的。我记得，有一次我从剧院舞台上叼走一只配土豆用的湿漉漉的熟鸡，回家一看，居然成了满是棉花、动物下水和恶劣食物的大杂烩。"

"吉吉里吉！"又一次听到很细很细的声音。

"喂，是你叫我吗？"南尼说，"不用着急，我马上就去收拾你。这几天我只吃了蜥蜴和蟋蟀，已经吃烦了，今天吃点儿鸡肉也好换换胃口！"说着，南尼忙活起来，用牙咬，用爪子抓，想解开纽扣。

他刚咬开一个纽扣，只见小猴噌地从口袋里跳出来，温和有礼地说：

"我可爱的大花猫，听说你想品尝点儿鸡肉，我刚把一块鸡肉放进口袋。如果你想尝尝，不妨钻进口袋，吃个痛快！"

南尼不假思索，飞快地钻进口袋里。他刚进去，皮皮就立刻把纽扣扣上了。

"你既然钻到里面去了，就好好待着吧！"皮皮搓着前肢，十分得意，"可怜的南尼，请你在口袋里寻找那美味的鸡肉吧！那里什么也没有！我将到很远很远的地方去……再见！"

皮皮从牙缝里挤出这些话以后，便轻轻打开客店大门，消失在浓密的树林中。

说来也巧，那正是一个被浓雾笼罩的伸手不见五指的夜晚。

第十一章　戈拉塞卡被大花猫抓瞎了
双眼以后，又找到了皮皮

小猴离开苍蝇客店，刚刚走了一百步。这时小蜡烛从床上一下子跳起来，扯起嗓子，对着楼梯口喊：

"喂。戈拉塞卡先生，快起床吧，天马上就亮了！"

"就起。"杀人强盗头头说，"我回来路过这里再给晚饭钱。"

"好吧。我最敬爱的先生，祝您一路平安，日行千里！"

在黑咕隆咚的房间里，戈拉塞卡摸着了他的外衣，披到身上，又摸摸口袋，看看皮皮是不是还在里面。

他刚一摸，只觉得手上被尖利的爪子抓掉了一层皮，疼得他"哎哟哎哟"直叫唤。

"简直是只猴子强盗！你抓我是寻开心不是？你要是再开玩笑，可活该你倒霉，我要把你的爪子拔出来。"说着，戈拉塞卡关上店门，走了出去。

戈拉塞卡走了三小时的路，看着一直在流血的手，气得快要发疯了。为了出口气，他朝口袋狠狠打了一拳。

"喵！喵！"从口袋里发出悲哀的号哭声。

"哼，你想学猫叫跟我寻开心？那好，我奉陪到底！"

说完，他又打了第二拳，比第一拳还厉害。

"喵……喵……喵……"又是一声声尖叫，明显地带着怒不可遏的声调。

"你的恶作剧还没完吗？"

他刚要打第三拳，突然像一条被鞭打的狗似的叫了起来，原来他的腰部冷不防被狠狠地抓了一把，把肉都抓烂了，怪叫人可怜的。

戈拉塞卡疼痛难忍，再也忍耐不住，便拿出锋利的剪刀，咬牙切齿地威胁着：

"现在我要把你的坏爪子彻底治好！从今以后，你这个丑陋的小猴子，再也甭想用爪子抓什么东西了！"

他脱下外衣，解开口袋上的纽扣，刚想把手伸进去，突然，一只大花猫猝不及防地跳了出来，猛地向他脸上扑去，用前爪狠狠地抓他的眼睛。哎呀，原来口袋里装的是小蜡烛的大花猫南尼！

大花猫乱抓一气，终于脱身，顺着田野逃跑了。

恼羞成怒的戈拉塞卡疼痛难忍，大声吼叫着，奋力追赶大花猫。可是白费力气，他眼前变得漆黑一团，他的双眼被大花猫尖利的爪子抓瞎了。

戈拉塞卡在树林里摸索着走了一百个白天和黑夜。途中，他想打听回家的路，可是没碰上一个牧羊人或樵夫。过去，狼老远见到他，

害怕得撒腿就跑，现在呢，狼见他已双目失明，不能自卫，故意和他周旋、开心取乐；过去，小鸟和小兔子一见到这个使人不寒而栗的怪人，就望风而逃，现在呢，几只小麻雀，甚至几只刚出生的小鸟飞过他面前，都敢在他鼻子尖下耀武扬威地拍打翅膀；大小兔子则在他脚前跳波尔卡舞和塔兰泰拉舞。小读者们，你们看，这些小家伙也会这样盛气凌人！在孩子们中间，不是也有这样的吗？他们像那些小麻雀和兔子一样，拿那些由于年迈和疾病而不能自卫、受不到人家尊敬的不幸者开心取乐。

一天夜里，戈拉塞卡沿着浓荫小径，摸索着寻找蜗牛做晚餐。小径通到一座小房子的围墙前中断了。

他高兴极了，很快敲了房门。

"是谁呀？"屋里一个声音问道。

"我是可怜的瞎子，在树林里迷了路，想找个地方借宿。"

"请进，快请进，可怜的瞎子。"那个声音说着，开了房门。

这居然是我们熟悉了的朋友皮皮。当他发现站在面前的客人正是使人望而生畏的追踪者时，大家可以想象得到，皮皮会惊慌失措成什么样子！

第十二章　皮皮做了皇帝

皮皮是如何来到密林深处这座孤零零的小房子呢？他从远近闻名的苍蝇客店逃出来后，究竟发生了什么不可思议的事情？

为了回答这一连串问题，需要回过头来再多说几句。

你们已经知道，皮皮背信弃义地把可怜的大花猫南尼弄进戈拉塞卡的口袋里，自己却钻进林子里溜掉了。究竟往哪里跑，他没有一点主意，他最大的愿望是能找到回家的路。他胆战心惊、歇斯底里地到处乱跑，风声和树叶的"沙沙"声，他都觉得像是杀人强盗头头在紧紧追赶自己。天渐渐亮了，皮皮终于遇到一个猴子的部落，那些猴子，有的吱吱直叫，有的大声吼叫，有的又嬉笑打闹。原来这个部落正在集会，要选一位皇帝。

皮皮走到他们中间，表示要向大家讲话。

喧闹的声音立刻停止了，四下鸦雀无声。皮皮开始讲话了：

"我最亲爱的小兄弟们，听说你们要选举一位皇帝，这再好不过了。哲学家曾经指出，人们各有各的爱好，有些家伙情愿让别人踩他的脚，这没有什么奇怪的。据我看，只有一位够资格当皇帝。"

"该选谁做皇帝，快说出他的尊姓大名。"大家大喊大叫着。

皮皮垂下眼皮，默不做声。

"谁配做皇帝？"又是一阵大叫，声音比刚才更高，"我们想知道他的名字……名字……名字……"

"你们果真想知道？"皮皮说，"我不能不坦率地告诉你们，唯一有资格当皇帝的就是我皮皮！"

"皮皮万岁！我们的皇帝万岁！猴子的皇帝万岁！"霎时间，那一眼望不到边的猴群欢腾起来，拍手高叫。

皮皮坐在空地中间一个用干草编织的宝座上，显然一副威严的样子。

一支由一百个手鼓和一百只牛犄角组成的庞大乐队，开始演奏《加冕进行曲》。

　　四只穿着王室服装的小猴子，向新皇帝献上一个用蒲草编织的漂亮大盘子，上面放着王冠和权杖。王冠实际上是一个串着许多山里红果的铁环，权杖则是一节甜蜜的糖棍。

　　皮皮从盘中拿起王冠，一本正经地用鼻子闻了闻，然后戴到头上。他一拿起权杖，就垂下了三尺长的口水，再也忍不住，开始吮吸糖水。还好，靠近皮皮的那只年轻的猴子——礼宾官及时捅了捅他的胳膊肘，提醒他注意失礼的举动，这样，新皇帝才停止了吮吸。为了遮丑，皮皮足足把手舔了十五分钟。

　　正在这时，十六只猴子抬着一顶花轿向皮皮走来，这顶花轿是用树枝、鲜花和香甜的水果装饰起来的。

　　猴子的首席礼宾官两次躬身下拜，毕恭毕敬地对新皇帝说：

　　"英明的陛下，现在该轮到您了。"

"轮到我？叫我干啥？"

"请陛下务必上轿。"

"你们打算把我抬到哪里？"

"抬到皇宫，那里有陛下的宝座和御床。"

皮皮听了这话，做了个鬼脸，要是用语言来表达，大概有这层意思：

"老实说，我宁愿像现在这样睡在树枝上，也不愿意睡在什么御床上。"

皮皮转过身来，迷惑不解地询问首席礼宾官：

"喂，我的朋友，我是你们的皇帝，这是真的吗？"

"当然千真万确。"

"皇帝到底是什么意思？"

"这就是说，您可以指挥其他所有的猴子，您的旨意我们必须立即服从，您的要求应该马上得到满足。"

"如果是这样，我愿意坦率地声明，我不想坐轿子，情愿光着脚丫子走路。"

"陛下，对此我深表遗憾。您不能自作主张。"

"那为什么？"

"如果皇帝光着脚丫子走路，他就不是皇帝了，就变成和其他的猴子完全一样了。"

"可是，你们说，我的要求应该得到满足，这又怎么解释呢？"

"是这样，绝对正确。但陛下要记住，皇帝有皇帝的规矩，不能乱来。"

"我懂了，我懂了！谢谢。"皮皮说着，纵身一跳，在轿子里坐下了。

乐队奏起连绵不断的音乐，看不到头尾的仪仗队迈着整齐的步伐，

缓缓向前移动,那场面十分壮观。

皇帝到了皇宫宽敞的餐厅,马上坐到一切准备停当的桌子旁。饥饿和食欲,对于皮皮来说,就像一对孪生兄弟。但可怜的皮皮虽然做了皇帝,可照样填不饱肚皮,因为美味的食品刚刚放到桌子上,就被同席的猴子一扫而光了!

午餐结束了,皮皮却比没吃饭的时候还显得饥饿。

"没办法,只好忍耐一下。"皮皮自言自语,"现在我到床上去睡觉,也许会忘记吃饭了。"

到御室不久,皮皮就像山鼠似的打起呼噜来。

这时,由手鼓和牛角组成的乐队吹奏起来,还有嘈杂的大喊大叫声,把皮皮从酣睡中惊醒:

"皇帝万岁!请皇帝出来!"

"陛下，"首席礼宾官进入屋内说，"请到阳台上去，您的臣民想瞻仰您的风采。"

"对不起，"皮皮嘟囔着，睁开眼，"我睡得正香哟！"

他打着呵欠，蹒跚地走到阳台上。

"皇帝万岁！"聚集在皇宫外那一望无边的猴子们，又一次高呼。

"谢谢朋友们！"皮皮摇了摇头，表示问候，"我听到了你们最美好的声音，很高兴向你们致意。我没什么要说的，晚安，明天再见！"

听了皮皮的话，猴群平静地散开了。

皮皮回到屋内，蜷缩在床上，正当他再次要进入梦乡时，由牛角、手鼓的声音和齐声欢呼组成的交响乐又奏起来了。

"又发生了什么事？"皇帝抬头问。

"陛下，"首席礼宾官回答，"您的臣民想再看看您，请您到阳台上去。"

"我马上就去。"皮皮说，"请朋友们再等一分钟，让我洗洗脸。"

一分钟过去了。两分钟，五分钟，二十分钟过去了……可皇帝始终没露面。

大家到御室去找，连皮皮的影子都没找到。皮皮皇帝不翼而飞了！

第十三章　皮皮接受了家兔的忠告

我们的皮皮皇帝到底怎么了？

谁也没看见他，不知道他的情况。他是从窗口溜走的吗？不可能，因为一排的窗户都是反锁着的。那到底发生了什么事情呢？

　　大家分头去找。御室的大衣柜，餐厅的碗橱，更衣室，楼梯下，贮藏室，甚至地窖里，全找遍了，都是白费工夫，哪里都不见皮皮的踪影。有些猴子想看床底下有没有。你们相信吗？对啦，先生们，皇帝果然躲在床下，他在那里睡得可香了。这是多大的丑闻啊！

　　"陛下，您怎么在这里？"首席礼宾官问，恭敬地提了提皮皮的耳朵。

　　"我在睡觉。"皮皮打着呵欠，伸着懒腰回答。

　　"陛下，快醒醒，快起来吧。您不感到害臊吗？"

　　"老实说，我只想打会儿瞌睡，谁还管害臊不害臊。"

　　"您为什么睡在床下？陛下，您的尊严到哪里去了？"

　　"在床下一睡觉，皇帝的尊严就忘了个一干二净。"皮皮照实回答，他也不知道这种至高无上的尊严意味着什么。

　　接着，皮皮把首席礼宾官叫到身旁，对着他的耳朵说：

　　"朋友，您高兴听我说心里话吗？原来我以为，皇帝是这个世界上最崇高的职务，可今天我才发现，自己受骗上当了。唉，在一生中，做一只普普通通、朴实无华的猴子该多幸福啊！他饥渴了，起码能痛快地大吃大喝一顿；他想睡觉，起码能舒服地睡上一觉；他酣睡时，谁也不会把他叫醒，强迫他在阳台上向那些无所事事的乌合之众表示感谢。"

　　当皮皮和首席礼宾官窃窃私语时，天空骤然乌云密布，接着下起了倾盆大雨。

　　这时，又听到了皇帝宫下乐队的号角声，猴子们大喊大叫起来：

　　"我们要太阳，我们要艳阳天。不然，我们要打倒皇帝！"

　　"我的朋友们，"皮皮在阳台上露面了，向聚集在皇宫前的猴子们说，"这山洪般的暴雨下个不停，我怎么能给你们太阳和好天气呢？"

"不，不，无论如何，我们要求您给我们太阳，现在就给。"

"请相信我，雨一停下来，天气就会由阴转晴。到那时，我将给你们太阳和晴空万里的好天气。"

真巧，只过了几小时，风停了，雨住了，太阳出来了，阳光火辣辣的。猴子又唤来了乐队，在皇宫前大喊大叫：

"我们要水！我们要雨！"

皮皮被这又是突如其来的吼叫声弄得六神无主，气恼心烦，不想再露面了，但听到那一阵高过一阵的呼喊声，只好又出来了。

"你们要雨水吗？"

"对啦！对啦！我们要雨水。不然，我们要打倒皇帝！"

"好吧，你们稍微等一下，几分钟后，我就给你们渴望的雨水。"

皮皮的话音刚落，随之而来的是雷鸣般的掌声和《帝国进行曲》。

几分钟后，皮皮又出现在阳台上，高声说道：

"喏，这就是水！谁想得到更多一些，就到喷水池里去取。"说着，把满满一盆水泼到猴子们的头上。

你们不难想象这会引起多大的骚动吧！猴子们攻打并且占领了皇宫，大家到处找皇帝，每个房间都找到了，不见皇帝踪影。没找到皇帝，大家只找到首席礼宾官，就把他痛打了一顿。天下的事情就是这样，你有什么办法！在这个世界上，主持正义的人往往比罪犯遭受更深重的灾难。

皮皮是从皇宫后面的一扇秘密小门逃走的。他沿着幽暗的林中小径跑呀跑呀，好像长了翅膀，跑了整整两天，在密林中找到了一座没有窗户的小屋子。

小屋的门槛上爬着一只漂亮的家兔，天蓝色的皮毛和仙女头发的颜

色一样。家兔看见皮皮，一下子跳起来，有礼貌地向他问好，并且举起右前掌，敬了个军礼。

"我们漂亮的兔子，你为什么在这里？"小猴问道。

"我在等着阁下光临。"

"阁下是谁呀？"

"就是您呀！"

"哎呀，是我！知道了，知道了。十分抱歉，实在不敢当，不敢当！像我这样一个穷光蛋，听到'阁下'这两个字，总认为是指的别人。你能让我随便吃点东西，打会儿瞌睡好吗？"

"当然可以。请进，请进！您的一切要求都可以得到满足。"

皮皮的心情是可想而知的。他欣然接受了邀请，刚跨过门槛，只见餐桌上摆满了水果，地上还铺着羽绒的小垫子。

皮皮二话没说，立刻来到桌旁，转眼工夫就狼吞虎咽地吃光了一盘枸杞果和无花果，然后上气不接下气地说："我的朋友，我遭受了许多苦难，我的生活充满忧患。"

"什么忧患。"小兔问。

"我也不知道。知道又有什么用？我像个没有头脑的小孩儿，又像是人家手里的小玩意儿，鹦鹉学舌似的重复别人的话，对什么事都无所谓。"

"我认为这样不好。"

"你别急，我要想方设法改正学好。要是你知道我的全部痛苦遭遇……"

"我知道。"

"你怎么知道的？"皮皮好奇地问。

"我是从小人书上读到的。皮皮先生，请原谅我的好奇心。您不是答应过跟小主人阿尔弗雷多，作一次环绕世界的旅行吗？"

"你听我说，我答应过他，可又没答应他……"

"这是什么意思呀？"

"你听我把话说清楚。要知道，我是被迫上钩的，因为我经常忍受不住美味食物的引诱。你知道我是怎么上钩的？是因为嘴馋！"

"怎么回事？"

"阿尔弗雷多先生为了引诱我，把我领到摆满香甜可口的水果的桌子前，我一见那……"

"我懂了，我懂了！"兔子笑着说，"您可真像个小孩儿。小孩子从

爸爸妈妈那里得到美好可口的食物或是称心如意的玩具，就说要做个好孩子、努力学习、为学校争光。可后来呢？他们得到好处以后，就把这些美味的诺言忘得一干二净。他们的诺言不过是随便说说罢了，从来不去履行。这难道不是千真万确的吗？"

"亲爱的朋友，我真怕你猜透了我的心思！"

"皮皮先生，您知道我爷爷是怎么说的吗？他总是说：'答应人家的事，就必须说到做到。不信守诺言的人，不值得人家尊重，也不会得到幸福。'您值得吗？再见了，皮皮先生。"

兔子说完，就闪电似的跑掉了。

第十四章　皮皮终于找到了阿尔弗雷多，
同他一起远航

皮皮越来越相信，这座小房子像是特地为他建造的。他不想给可怕的追踪者——一个寻找避难所、值得同情的瞎子——开门，想在这座小房子里度过自己的后半生。

"我真想知道，"肩膀靠在反锁着的房门上的戈拉塞卡说，"我真想知道款待我的这个大救星到底是谁。"

"大救星就是我。"皮皮稍稍变了声调，免得被对方听出来。

"您叫什么？"

"我叫……我叫……"

"这声音我怎么这样熟悉！"瞎子接下来说，同时咬了咬牙，"我亲爱的施主，您能对我说，您从来也没有见过粉红色的小猴吗？"

"小猴，我倒是见过很多，可从来也没有见过粉红色的，我看见的都是绿黄色的，好像鸡蛋炒菠菜那样的颜色。"

"这是他的声音，一定是他，没错！"戈拉塞卡喃喃自语，而后又问，"您认识一个叫皮皮的小猴吗？"

"不认识……不，也可以说认识。在我的记忆里，好像有一只，可那个皮皮是公认的无赖，是货真价实的害人虫。"

"太糟糕了！我对他那么好，让他和我同桌就餐。你知道他是怎么报答我的？他对我的报答就是乱抓我的眼睛，把我的双眼都抓瞎了。在他看来，我好像是个一钱不值的人。"

"我不相信皮皮会这样。"

"不相信？"

"皮皮懒惰，我承认，可他心眼儿不会这么坏，他不会干出这种缺德事儿的。"

"可确实是他抓瞎了我的眼睛。"

"不不，不是他！"

"是是，就是他！"

"戈拉塞卡，您要知道，抓瞎您眼睛的不是我，是小蜡烛的那只大花猫南尼。"

"哎哟，我可找到你了！"杀人强盗头头摇头晃脑，像头猪似的号叫着。

皮皮对自己的粗心大意十分后悔，可已经晚了。

"我真该死，真该死！"皮皮一边说，一边转动着眼珠子，想从窗口溜走，可这该诅咒的小房子又没有窗户。

戈拉塞卡双手摸摸这里，又摸摸那里，终于按住了皮皮，把他用一条大锁链捆起来，驮到肩膀上。

戈拉塞卡离开小房子，顺着偶然发现的小路，摸索着走。

"您非要把我弄死不可吗？"可怜的皮皮用微弱的声音问。

"一会儿你就知道了。不管怎样，你的眼睛是好的，可以领着我走路。"

"您想到那儿去？"

"我愿意到哪儿就到哪儿。"

他俩日夜兼程，从不歇脚，不知走了多少路。在一个晴朗的早晨，他俩来到一座滨海城市，这里停泊着好几百艘客船。

戈拉塞卡坐在海滨的一条长椅上，翻弄着口袋，可是，连买面包的铜板都没找到。他转向已经饿得半死不活、精疲力竭的皮皮，不怀好意但装作有礼貌地问道：

"丑陋的皮皮，告诉我，你难道没有一技之长？"

"您指的是什么？"

"我是说，你会唱小曲吗？会弹乐器吗？会翻跟斗吗？能吞下熊熊燃烧的棉絮吗？"

"您去吃燃烧的棉絮吧！不过，我会跳波尔卡舞，会吹号，还会拉小提琴。"

"这就够了！"戈拉塞卡说罢，立刻用雷鸣般的声音在马路上喊叫起来：

"女士们，先生们！快来看，快来看！诸位将看到大名鼎鼎的粉红色小猴表演的节目。他曾荣幸地给各位君主跳过舞，给南、北半球的好多王公贵族跳过舞。我的小猴唱歌、跳舞、演奏、全都行！他像一个人或其他有理智的动物，能做许多令人笑破肚皮的动作。先生们，女士们！快来看呀，收费少，乐趣大！"

戈拉塞卡刚结束热情洋溢的讲话，皮皮就开始在观众面前表演节目。他动作优美、敏捷，和往常一样。他的表演很受欢迎，观众狂叫起来："好啊，好啊！"嗓子都喊哑了，根本听不清叫的是什么了。

节目表演完，聚集的人群渐渐散去了。戈拉塞卡觉得有人碰了他胳臂一下。一位穿着远航服装的英俊少年落落大方地问道：

"那是您的小猴吗？"

"是我的……对不起……是我的。"

"您卖不卖？"

"当然卖。真心实意卖。"

"要多少钱？"

"一千里拉，要是您认为价钱高，可以商量。"

"喏，给您一千里拉。这小猴是我的了。"

年轻人给了钱，转身对小猴说：

"你还认识我吗？"

"您不就是亲爱的阿尔弗雷多先生吗？我怎么会不认识您？我认识您，一直在惦记着您！"

可怜的皮皮因为太高兴、太激动，竟然像小孩子似的失声痛哭起来。

当天晚上，阿尔弗多和小猴皮皮（他已经打扮得焕然一新，俨然一副绅士派头）一起乘坐热那亚鲁巴蒂诺船舶公司的客船驶离港口，开始了很有意义的远航。

至于我，老实说，如果有一天能发表以《小猴皮皮漫游意大利》为题的小说，我不会感到惊讶。以小猴皮皮做主角的作品，将一部又一部地载入史册，印刷机将夜以继日地赶印这些作品，会忙坏那些印刷工人的。

胆小鬼一事无成

一

列奥契诺①是个刚满十岁的孩子。

"为什么叫这个名字？"你们可能会问。

---

① 意大利语"小狮子"的意思。

说起来话长，听我简单地给你们讲一讲吧。

首先，你们要知道，当这个孩子被带去受洗礼时，妈妈本来想给他起名叫"路易吉"，可爸爸不同意，非要给他起名"拿破仑"不可，以便将来有朝一日把儿子培养成军人（爸爸不是行伍出身，仅仅是个消防队司令，所以需要原谅他有某种程度的软弱性）。

"Napoleone（拿破仑）！"人们不禁要问，这个乳臭未干的小孩儿用这样长音节的名字怎么行呢？这有窒息他的危险哟！

实际上，在家里，大家早都亲切地叫他 Napoleocino（小拿破仑）。很明显，这个小名音节也长。为了节省读音时间，大家把前面的两个音节（Na-Po）从全名 Napoleoeino 中省略了，结果变成了读着省时间又适用的"列奥契诺"（Leocino）这个名字了。

小小的武士茁壮成长，到十岁时，已经是一个漂亮的少年了。赛跑、跳舞、跳高、做体操，他都行，而且非同一般。有时他也做些功课。

他对木偶等玩具不感兴趣，唯一的爱好是玩弄有镀金把手的马口铁军剑和装着发条的小步枪。"和平"时期，枪里装着干硬的羽扁豆，"战争"时期，枪里就装上小石子和樱桃核儿了。

为了使列奥契诺过得快活，并且培养他的武士精神，爸爸特地给他做了套军服，佩戴黄红花颜色的棉絮小肩章，头戴灰毛料的贝雷帽，上面还箍着既美观又闪闪发亮的油布饰带，远远看去，好像银制袖章。

假期到了，列奥契诺去叔叔的乡间别墅度假，叔叔是个富裕的庄园主。

叔叔有五个孩子，在七岁和十一岁之间，他们玩起来像一窝蜂。不

难想象，列奥契诺来到这五个顽童中间，是多么称心如意。

　　几个孩子很快达成了协议，玩当兵打仗的游戏。年龄最小的阿尔诺尔伏被任命为兵团的小号手，走在部队前面，吹着号角。个子最高的拉发埃罗当骑兵，别人走路时，他不得不像马一样奔跑急驰，有时还得"咴儿咴儿"地叫几声，像马一样尥几个蹶子。阿斯德鲁巴列和吉吉诺是浩浩荡荡的步兵。多尼诺推着菜园子用的手推车，作为野战医院的救护车队，准备战后收容阵亡的士兵或伤员。列奥契诺当什么？我不说你们也会猜到，他当总司令，一直是在大队人马的最前面！

二

　　每天上午，六个孩子带着早餐干粮，全副武装，向离别墅只有一公里的丛林进发，要在那里打几个大仗。

　　走到半路，他们突然在一片绿油油的草地上停下来，仰卧着大吃大喝起来，准确地讲是狼吞虎咽。可他们中间有一个人，也就是在草地尽头站岗放哨的那个，是不准吃喝的，因为他要监视敌人，如果遇到突然进犯，他必须大喊大叫，发出警报。

　　可站岗放哨的制度没执行多久就行不通了。为什么？我给你们说说原因。

　　一个星期后，轮到不满七岁的小号手阿尔诺尔伏担任哨兵。他服从军规军纪，勉强站了半小时岗，就撤下来，一阵风似的跑到伙伴中间，准备享受他的一份美餐。可是，当他发现伙伴们狼吞虎咽，把食物都吃光喝尽时，惊呆了。伙伴们连面包屑、奶饼壳儿、翻肠皮儿都一扫而光。

不难想象，这时小哨兵已经饿得难以忍受了，他狠狠咒骂了伙伴们，然后哇哇大哭起来，哭声尖利刺耳，真是伤心难过。毫不夸张，在从夺取耶利哥①到今天的战争史上，像他这样哭闹的哨兵是没有的。

从此以后，这个由六个小孩组成的兵团再也找不到一个吃饭时当哨兵的战士了，这种不服从的严重行为使军纪涣散。可话说回来，这样，大家全都填饱了肚皮，谁也不吃亏。

你们会问，我们的小英雄到底跟谁打仗呢？

我下面就给你们讲。以总司令为首的部队刚吃完饭，就向丛林深处急速进军。在一棵有二十年树龄的橡树旁，他们停了下来。列奥契诺把他的部队编成战斗队形，并在大家面前做了个骑马半回转的动作，讲了鼓舞士气的话，为战士们作了如何打仗的示范，然后命令全军立即投入战斗。每个战士，包括小号手，都手执粗棍，猛打橡树躯干。在一片喊杀声中，只听总司令大声叫道：

"胆小鬼，往前冲，英勇杀敌！成密集队形，上刺刀，准备肉搏！"

他们胡砍乱打了一阵子，个个累得喘不过气来，不能继续战斗，只好放下棍子。战斗也就这样结束了！

橡树呢？可怜的橡树天天无缘无故地挨棍子，毫无反抗，连一句埋怨的话也没说过，只是有时忧郁地摆动着绿叶覆盖的树枝，好像在说：

"可悲可怜的孩子们，你们饶了我吧。你们怎么这样缺乏教养，没有头脑！"

---

① 耶利哥，西非死海以北的历史古城。

三

有一天，终于发生了一件令人胆战心惊的事情。这是怎么回事呢？

这一天，小孩子部队同平常一样，在丛林中急行军，搜寻跟挨揍的那棵橡树一样的另一个"敌人"。列奥契诺将军雄赳赳、气昂昂地刚走了二十几步，突然停下来，露出惧怕的神色，惊恐万状地尖叫一声，拔腿就向别墅跑去。

他是在混乱中慌慌张张逃跑的，他的马口铁靴刺、那顶镶着像银饰带的贝雷帽，统统掉在大路上了。

究竟发生了什么不可思议的事情呢？

列奥契诺一口气跑回了别墅。只见他气喘吁吁，脸憋得像早熟的紫茄子，简直奄奄一息了。

真巧，列奥契诺刚跑进别墅，就跟叔叔撞了个满怀。

你们认识列奥契诺的叔叔吗？认识，一定认识。你们在大街上不知有多少次见过像他这样的人，也许现在还对他记忆犹新呢。

你们知道，他又矮又胖，脸很长，好像是个月牙儿，大鼻子上还长着不少"小鼻子"，看起来像一长串儿葡萄。他的名字叫"姜多梅尼科"，可家乡的人都叫他"漂亮的大鼻子"。

谁要是第一次看见他，准会从那阴沉可怕的面孔上，断定他是个活阎王、暴君或者专吃小孩的人……不对，不对，你们全错了！实际上，他是个心肠最好的人，像滑稽演员，是个乐天派，特别爱孩子，对小侄子更是体贴入微、照料周到。

说实在的，一见侄子那着急、惊恐的样子，叔叔一下子火冒三丈，高声问道：

"到底发生了什么事情？你为什么喘粗气、脸发紫？你弟弟到哪儿去了？"

列奥契诺显出羞愧难言的样子，嘟囔了一句，谁也听不清他说的是什么。

"到底怎么了？"叔叔逼着列奥契诺回答，嗓门越来越高。

"我说……我说……是一个丑陋的怪物……"

"什么怪物？"

"是我……"

"怎么？你是怪物？"

"不，是我……是我在林子里看到的那个……"

"你说的我一点儿也不懂。快给我说清楚，你弟弟在什么地方？"

"马上就到。"

"我们来了！我们来了！"五个尖利的声音叫喊着，好像许多电铃发出刺耳的声响。

五个孩子一窝蜂似的同时进入大厅，哈哈大笑。

他们的爸爸一时弄不清他们为什么这样兴高采烈，就暴躁地问：

"快说，真讨厌！起码得让我知道你们是笑谁呀？"

"笑他……"他们指了指列奥契诺，又是一阵哄笑。

"笑我们英勇善战的将军！"再一阵哈哈大笑。

"可怜的将军胆小如鼠，我们向他敬一杯水！"说罢，又是一阵爽朗的笑声。

四

列奥契诺低着头，不言不语，僵直地站在大厅中间，下巴颏恨不得埋进胸膛里，有时向伙伴瞟上一眼，好像是说：

"将来到了野外，我再跟你们算账。恶有恶报，你们不会有好下场的！"

"那究竟发生了什么事？"爸爸又问。

"我告诉你。"骑兵拉发埃罗说。

"不，我说。"步兵吉吉诺高声大叫。

"不，不，该我说。"小号手阿尔诺尔伏冲着大家直嚷，"我最小，有比别人先说的权利。"

"那就让阿尔诺尔伏先说吧。"爸爸作出决定，"肃静，肃静，你快说吧。"

这时，小号手却找不出适当的话开头了。他嘴巴乱动，打着手势，最后终于找到了话题，开始讲了：

"当我们的将军命令前进时，我们齐声回答：'开步走！'"

"开步走？走到哪儿去？"

"你还不知道？是去打仗。"

"跟谁打仗？"

"跟迦太基人。"

"迦太基人是谁？"

"是一棵矗立在林子里的高大橡树。"

"为什么管他叫迦太基人？"

"道理很简单。我们是古罗马人，用棍子揍大橡树，就是跟迦太基人打仗。"

"噢，是这么回事，我全明白了。"爸爸说，"你接着讲下去。"

"队伍顺着田野疾速前进。我是号手，理所当然走在队伍前面。列奥契诺挎着镀金军剑，头戴有银灰色饰带的贝雷帽，态度傲慢、蛮横霸道。他猛地扑到我身上说：'我是将军，你应该走在我后面。'这是无理取闹。爸爸，你同意吗？你一定知道，打仗时谁在队伍的前面？是将军，还是号手？我说，号手总是第一个站出来，吹起冲锋号，然后大家发起攻击。如果不这样，那就是不义之战。爸爸，这你同意吗？"

"好啦，少啰唆几句，"爸爸大声说，"别再浪费时间了。"

"爸爸，我还想再说几句。将军每次总想走在前面，让我们跟在他屁股后面快走。不知什么原因，这次，走在我们前面的将军刚迈了几步，突然停下来，后退两步，像蒸汽火车的汽笛似的尖叫一声，撒腿就跑。

他是怎么逃跑的，你没见到是不会相信的。爸爸，你一定记得菜园里的那只猫，当你拿鞭子抽它时，它是如何狼狈逃窜的。实话说，我们的将军那时的样子跟那只猫没什么两样儿！"

"他为什么这样害怕？"

"他看见草丛中有一只乌龟。"

五

姜多梅尼科听完这些故事，真想痛痛快快笑一场，但他忍住笑，作出严肃、铁面无情的法官的样子，转过脸，命令孩子们：

"战士们，做好战斗准备！"

一声令下，孩子们马上排好队，肩上扛着小木枪，纹丝不动。

姜多梅尼科接着说：

"一个兵团司令见了乌龟就临阵脱逃，就再不配统率欧洲方面的一个兵团了（战士们个个点头，表示同意）。我们希望并要求列奥契诺将军辞去他目前的最高军事长官的职务，降为下士班长，由勇敢的拉发埃罗任兵团司令。请列奥契诺交出荣誉军剑。"

拉发埃罗毫不犹豫，立刻跑到大厅尽头，迈开双腿正步走。作了一些骑马回转和奔驰的动作，站在可怜的将军面前，命令他交出军剑。

列奥契诺没吱一声，像中国的泥塑玩具不倒翁似的来回摇头。最后，万般无奈，慢腾腾地去解军剑带子。带子解开了，他像是要把军剑亲自交给新任兵团司令拉发埃罗。

可是，列奥契诺并没有交出军剑，而是朝对方的手背狠狠打了一巴掌。这一下打得太重了，激怒了拉发埃罗，于是，骑兵和将军之间展开了交手大战。要不是姜多梅尼科及时走过来，用正确的方法——轻轻打了将军一巴掌，揪着骑兵的一只耳朵——把他们劝开，不知这场肉搏会怎样收场！他说服两个战士停止敌对行动，马上在原地签订和平条约。

和解实现了。

可怜的列奥契诺毕竟忍受不了这种侮辱，日夜绞尽脑汁，想找出个表现自己勇敢的机会，重新获得将军的头衔和那把军剑。他今天想，明天想，终于想出了一个绝妙的好办法。

这天晚上，他乐滋滋地上床睡觉。入睡前，他自言自语：

"明天，或者后天，我又是将军了。到那时候，我要给拉发埃罗一点儿颜色看看！为了报复，我将命令他任何时候都得徒步行军，不能当骑兵了。"

可事情就是这样：爱报复的孩子往往在他报复人家时，受到嘲笑。

六

孩子们，你们仔细看，为了表现自己的勇敢，为了重新获得将军的头衔，列奥契诺想出了什么好办法（我说是好办法，只不过随便讲讲而已）？

一句话，他向小弟弟们挑战：看谁能跳过最高、最危险的障碍。你们想想，这是多好的办法！

"我敢打赌，"阿尔诺尔伏迫不及待地说，"我能跳过楼梯的五个台阶。"

"真是一员猛将！"列奥契诺说，藐视地耸耸肩膀，"不过，一只跳蚤也能跑过去。"

"我敢从储草房的窗口跳下去。"拉发埃罗说。

"如果打赌，我们不妨赛赛，看谁能跳过面粉厂附近的那条阴沟。"两个步兵战士吉吉诺和阿斯德鲁巴列说。

"我只能跳过一个无花果！"野战救护队长多尼诺边说边笑。多尼诺性情温和、安分守己，做事不慌不忙，说话慢条斯理，从不激动。比如，看到他们总司令被剥夺军衔，当着大家的面交出军剑，他也无动于衷。

大家各抒己见，议论纷纷，列奥契诺傲慢地走上前去，以挑战似的口吻说：

"你们谁敢从菜园的屋子凉台上跳下去？"

"我可不敢，这有摔断腿的危险。"一个孩子回答。

"我也不敢，这有摔裂脑袋的危险！"另一个孩子回答。

"脑袋摔裂不摔裂我倒没想，"阿尔诺尔伏说，"要是摔破了裤子就糟了，我今天刚买了条新裤子。"

列奥契诺阴沉沉的脸上露出一丝冷笑，向伙伴们瞥了一眼，接着吹起牛来：

"你们有胆量从凉台上跳下去吗？你们不敢，我敢！我跳过去了，你们再不会继续嘲笑我了。我为什么成为笑柄，无非是那天我见到乌龟害怕了。说实在的，如果我知道是乌龟，我根本就不会跑。"

"哟，那你把乌龟当成什么了？"阿尔诺尔伏笑嘻嘻地说，"也许当成了大象！"

"现在不提大象的事儿。但我一看见隐藏在草丛中的丑陋怪物，就产生了某种印象，到底是什么滋味，现在我实在说不上来。说心里话，这不意味着我不勇敢。"

"完全是另外一回事？"阿尔诺尔伏微笑着说，"这只能说明你确实害怕。"

"我怕？我怕什么？你们要知道，我比你们哪一个都勇敢！"

"唱吧，唱吧，小金丝鸟！"

"阿尔诺尔伏，别欺负人！"

"我才不欺负你呢！"

"你说我是小金丝鸟。"

"说你是小金丝鸟不算欺负人。小金丝鸟是一种长黄羽毛的小鸟。"

"可我没有黄羽毛！"列奥契诺大声地嚷，显然发火了。

"你现在没有，将来会有的！"

阿尔诺尔伏这句话刚脱口，他的哥哥们便放声大笑。

七

他们的哈哈大笑把列奥契诺激怒了，于是他向小对手拉发埃罗猛扑过去，可拉发埃罗眼明手快，活像一只小松鼠，紧紧抱住列奥契诺的腹部，又讽刺又挖苦：

"将军先生，别生气，别生气！我再说一遍，别生气！"

其他孩子也异口同声地说：

"将军先生，别生气，别生气！"

大家这么你一句我一句地吃喝了一阵子，列奥契诺的怒气果然消了，也跟着大伙儿笑起来。然后，他转过脸，向阿尔诺尔伏：

"你为什么总嘲笑我？"

"我嘲笑你？做梦也没这么想。就真是嘲笑，那也是你的所作所为造成的。"

"为什么？"

"不管怎么说，我当哨兵的那天上午，是你吃了我的早饭。我永远也忘不了！可我原谅你，从不把这件事放在心上。每当我想起那顿早饭，总有一种小小的欲望，是一种不能原谅你、非要报复的欲望……不过，还是那句老话，我完全原谅你，不放在心上！那天我真饿，肚子咕噜咕噜地响，我硬是狠狠心忍过去了。列奥契诺，不瞒你，把人家的饭吃个精光，这是种丑恶的无礼行为。只要我活着，我永远也忘不了！话又说回来，我完全原谅你，那件事我不放在心上了！"

"少废话，别啰唆了！"拉发埃罗打断了他的话，显得很不耐烦，"我们该去看看列奥契诺从凉台上往下跳的精彩表演了。"

"对，对，我们也想跳，我们也想跳！"大家齐声喊叫。

说真心话，列奥契诺这时真想打退堂鼓。但是，他说了大话、夸下了海口，再不能临阵脱逃了，他的自豪感不允许做蠢事。在很多情况下，孩子们的自豪感是假的、愚蠢的、被曲解了的（列奥契诺的所谓"自豪感"就是冒摔断脖子的风险的自豪感），但孩子们总是按照他们自己的方式，特别庸俗地去解释各种事情，显然这对他们自己以及他们的家庭是一场深重的灾难。

八

列奥契诺犹豫了一分钟，两分钟……然后，定定神，准备爬上凉台。正当他进小屋门时，被站在那里的姜多梅尼科挡住了去路。叔叔问他和那几个调皮鬼：

"你们急急忙忙到哪儿去？"

"到凉台上。"

"上凉台？干什么？"

"去……去呼吸新鲜空气。"

"不对。爸爸，你知道吗？"阿尔诺尔伏急忙说，"列奥契诺要显示自己比谁都勇敢，他打赌爬上凉台，然后跳进下面的菜园里。他是为这个上凉台的。"

"是你打这种包票吗？"叔叔质问侄子，"你难道相信真正的勇敢在于没有任何必要地冒最大的风险？在于单纯为消遣才从凉台上跳下去？

在于爬上窗栏杆在上面行走？在于走屋顶？在于敢在坎坷不平的河滩上
狂跑？在于攀上树顶？在于到最深的河中游泳？而你却根本不会游泳。
不，不，我的小宝贝，这一切都不表明你勇敢，相反，这是不能原谅的
鲁莽行为，是疯子的痴心妄想，只能说明你行动轻率、头脑简单。"

听了叔叔的好言规劝，可怜的列奥契诺一时哑口无言、手足无措，
不敢正面望叔叔一眼。

列奥契诺垂头丧气，尴尬地站在那里，心想：

"我多希望能找到一条重新当将军的路啊！现在我是班长，应该创
出奇迹来！"

列奥契诺不甘认输。从这天起，他冥思苦想，打算找个表现自己勇
敢的机会。这种勇敢他从来就没有，可非要顽强表现一下不可。

在这里我要告诉你们，据说，有一只狐狸正在他们这一带乡下活
动。这只饿得难以忍耐的野兽是养鸡人的灾难，它不但吃大公鸡、孵蛋
鸡、小母鸡、老母鸡，还特别喜食雏鸡和刚会打鸣的小公鸡，从来不放
过这些可怜的小家伙。

九

列奥契诺听说附近有只大狐狸，便去向叔叔的护林人托尼奥请教：

"托尼奥，您能告诉我那只狐狸有多大吗？"

"狐狸很像狗，"护林人说，"它的尾巴比狗大，这是主要区别。它
的尾巴像个大刷子。你从来没见过狐狸？"

"没见过。"

"你想见见吗？"

"是只活狐狸？"

"不，是死的。是我五年前在林子里打死的，只一粒子弹就要了它的命。后来，我把它剖开，在狐狸皮里塞满了干草，做成了标本。我不自吹，我做的标本好看极了，你简直分不清是死的还是活的。你想看，就到我家去，可以满足你的好奇心。

"什么时候可以去？"

"明天早晨吧！"

"几点钟？"

"太阳出来以后，也就是我上林子以前。"

列奥契诺这次没有装聋作哑。第二天他起得很早，连一句话也没对正呼噜呼噜熟睡的小弟弟们说，便独自一人直向护林人的家跑去。

到了托尼奥的家，托尼奥把他领进一间存放木头的小房子里。房子墙角，有一只蜷伏着的漂亮狐狸，脑袋昂起，挺让人害怕的，一双玻璃球似的眼睛栩栩如生。狐狸张着血盆大口，像在吼叫，又像要去吃人，一副怒不可遏的样子。

列奥契诺见了，马上闪出一个念头，于是，对护林人说：

"多漂亮的狐狸呀！您卖给我，好吗？"

"卖给你？不卖！我倒情愿送给你。"

"真的？"

"没说的，白送。把它放在富裕人家更好。放在这间不透阳光的潮湿小屋里，说不定什么时候被老鼠啃掉呢。"

"那我现在可以带走吗？"

"可以，完全可以。你想把它带到叔叔的别墅吗？"

"对，我想把它带走。叔叔的别墅离这里也不太远。"

"那你就带去吧。"

护林人帮列奥契诺把狐狸放到肩上。列奥契诺再三向护林人道谢，便告辞了。

十

列奥契诺的五个伙伴刚起床，马上找列奥契诺，可怎么也找不到。

他们等了一刻钟，半小时，一小时，还不见列奥契诺回来，他们为他担心，着急。又过了一会儿，列奥契诺终于回来了。

"你到哪儿去了？"大家齐声问。

"我到四周走走，看看是不是能碰上狐狸。"

"这里没有狐狸了，它早就销声匿迹了。"拉发埃罗说。

"你怎么知道？"

"狐狸五天没露面了，所有的鸡都能像以前那样安心睡大觉了。"

"你真看见狐狸了？"阿尔诺尔伏认真地问。

"我要是碰到了，倒没什么关系。你要碰到可就倒霉了。你们害怕狐狸吗？"

"说心里话，我们害怕，特别是看到那些被撕碎的、留在田野上的母鸡时……"

"至于我嘛，"列奥契诺说，"告诉你们，我才不怕呢！"

"你怎么一下子变得这么勇敢了？是谁给你壮胆的？"

"阿尔诺尔伏，少说废话。不然，我们又要打架了。你们去不去？"

"上哪儿？"

"去进行军训，吃野餐。"

"我们已经准备好了，可以随时出发。"

"身为你们的班长，今天我打算在进入林子前的那片稠密的灌木丛旁吃野餐。那片灌木丛叫什么名字？我一时记不起来了，谁能帮我想想？"

"叫特恩特尼诺。"五个小伙伴高声回答。

"对，是叫特恩特尼诺。大家背上干粮袋，准备出发！"

经过二十分钟急行军，他们来到灌木丛旁。班长列奥契诺突然停下，回头小声对伙伴们说：

"站住，站住。都站住！"

"到底怎么回事儿？"

"你们难道没看见从灌木丛中露出的那张丑陋的嘴巴？"

"看见了，看见了。那不是一只狐狸吗？"

"真是只狐狸。"

"我害怕，不能向前走了。"阿尔诺尔伏说着，露出恐慌的神色。

"我们也怕，我们也怕，再不向前走了！"其他几个孩子也说。

"你们真的害怕了？"列奥契诺扯起嗓子直嚷，"胆小鬼！你们怕，你们回去吧！我一个往前走。"

"列奥契诺，听我们的话，跟我们回去吧！"孩子们叫着，嚷着，再三劝阻，然后加快脚步，往回走了。

十一

大家后退了四百米，才回头朝列奥契诺那面望去，只见列奥契诺在灌木丛旁正左右挥舞棍子，像受惊的火鸡那样大声吼叫。

殊死的搏斗足足持续了十五分钟。最后，勇敢的班长把棍子当枪扛在肩上，像个凯旋的光荣战士，掉头追赶伙伴。追上伙伴们了，大家一下子把列奥契诺围起来，急忙问：

"怎么样？"

"一切都很好。"

"狐狸抓你、咬你了吗？"

"它两次用牙齿咬我的棍子，想缴获我这件武器。"

"你打死它了吗？"

"它侥幸逃跑了，样子十分狼狈。它要能活到明天，简直是奇迹。"

列奥契诺讲完，五个伙伴顿时活跃起来，再也抑制不住激动的情绪：有的搂住列奥契诺的脖子，拥抱他；有的紧握他的双手，热情地问长问短；阿尔诺尔伏甚至想狠狠地亲他一口。

你们可以想到，小伙伴们是怎样飞跑到爸爸面前，向他报告列奥契诺是如何英勇顽强地和那只像狮子一样的狐狸进行生死搏斗的。

列奥契诺听了赞美的话，心里美滋滋的，好像自己重新获得了将军的头衔：手握有镀金把手的军剑，佩戴黄红花颜色的小肩章，头戴白边贝雷帽。

正在这时，女仆人走进大厅，报告说护林人托尼奥来了，想立刻见列奥契诺。

"叫他进来吧。"姜多梅尼科说。

护林人走进大厅。他手里拿着帽子，肩上扛着遍体鳞伤、被糟蹋得不成样子的狐狸标本。

"托尼奥，你想干什么？"姜多梅尼科问。

"最尊贵的主人，我想说句话。今天早晨，我把这个狐狸标本送给列奥契诺，他当时扛着，说是要送到别墅。可是……一个偶然的机会，在特恩特尼诺灌木丛中我看见了隐藏起来的狐狸标本。"

"什么地方？"小伙伴们异口同声地问，"是在特恩特尼诺灌木丛？"

说着，他们几个挤眉弄眼，交换着嘲笑和幸灾乐祸的目光，好像在说：

"现在真相大白了，我们全清楚了！"

可怜的班长列奥契诺眼看自己暴露无遗，于是脸色大变，显出一副尴尬相。

"您看，最尊贵的主人，"护林人继续说，"是谁把这件漂亮的标本糟蹋得这个样子？谁要以这种方式取乐，他就是个可怜虫！"

列奥契诺眼里噙满泪水，一阵风似的跑出了大厅，到自己房间躲了起来。

晚上，列奥契诺对叔叔说，他要尽快回家，回到父母身边。姜多梅尼科一再挽留，让他再住几天，可怎么也留不住了。

当列奥契诺上车时，他的五个伙伴亲吻他，热情话别，同时用嘴巴贴着他的耳朵低声说：

"你可以继续和塞满干草的狐狸皮打仗，可要时时刻刻记住一句谚语：'胆小鬼一事无成！'"

《爱的教育》
湖南文艺出版社
ISBN：9787540446840
开本：32开/定价：25.00元
意大利政府官方授权名家权威
版本 意大利原版完整插图

《飞鸟集·新月集》
湖南文艺出版社
ISBN：9787540447243
开本：32开/定价：22.00元
每天读一句泰戈尔，忘却世上
一切苦痛

《假如给我三天光明》
湖南文艺出版社
ISBN：97875404474 04
开本：32开/定价：22.00元
人类意志力最伟大的典范作品

《再别康桥·人间四月天》
湖南文艺出版社
ISBN：9787540447922
开本：32开/定价：25.00元
新月派代表诗人＆民国第一
才女 诗歌精选首度合集出版

《朝花夕拾》
湖南文艺出版社
ISBN：9787540448103
开本：32开/定价：20.00元
一位文化巨人的回忆记往事
一幅清末民初的生活画卷

《落花生》
湖南文艺出版社
ISBN：9787540448097
开本：32开/定价：22.00元
被忽视的文学大师许地山的传
世散文名作

《背影》
湖南文艺出版社
ISBN：9787540448080
白话美文典范，"天地间第一
等至情文学"
散文杰作＆诗歌名篇

《伊索寓言》
湖南文艺出版社
ISBN：9787540448561
开本：32开/定价：25.00元
影响人类文化的100本书之一
世界上拥有最多读者的寓言始祖

《呼兰河传》
湖南文艺出版社
ISBN：9787540448448
开本：32开/定价：22.00元
一个天才作家奉献给人间的礼物
穿越时光的艺术珍品
一代才女萧红代表作

《雾都孤儿》
湖南文艺出版社
ISBN：9787540448493
开本：32开/定价：26.00元
英国现实主义文学的杰出代表作
中国译协"资深翻译家"权威
全译

《春风沉醉的晚上》
湖南文艺出版社
ISBN：9787540448509
开本：32开/定价：25.00元
郁达夫中短篇小说精选集
感伤的浪漫，率真的反叛

《春醪集》
湖南文艺出版社
ISBN：9787540448554
开本：32开/定价：23.00元
偷饮香美春醪的年轻人，醉
中做出的几许好梦

《城南旧事》
中国画报出版社
ISBN：9787802208056
开本：32开/定价：24.80元
名家林海音独步文坛三十多年
的经典作品

《猎人笔记》
湖南文艺出版社
ISBN：9787540448912
开本：32开/定价：28.00元
俄国现实主义艺术大师的成
名之作

《格列佛游记》
湖南文艺出版社
ISBN：9787540448530
开本：32开/定价：23.00元
世界文学史上极具童话色彩的
讽刺小说

《鲁滨孙漂流记》
湖南文艺出版社
ISBN：9787540448752
开本：32开/定价：25.00元
倾注勇气的冒险之旅，锐意
进取的孤岛求生记

《哈姆雷特》
湖南文艺出版社
ISBN：9787540448578
开本：32开/定价：20.00元
在他身上，我们看到作为一个
人的全部复杂

《十四行诗》
湖南文艺出版社
ISBN：9787540448776
开本：32开/定价：26.00元
你从未见过的"甜蜜的莎士
比亚"
时光流转中爱的不朽箴言

《最后一课》
湖南文艺出版社
ISBN：9787540449209
开本：32开/定价：22.00元
感受都德带给你心灵的震撼
和美轮美奂的诗意

《缀网劳蛛：许地山小说菁华集》
湖南文艺出版社
ISBN：9787540449322
开本：32开/定价：23.00元
被忽视的文学大师许地山的传
世小说名作

博集典藏馆

《子夜》
湖南文艺出版社
ISBN：9787540449285
开本：32 开 / 定价：28.00 元
"中国第一部写实主义的成功
的长篇小说"

《汤姆·索亚历险记》
湖南文艺出版社
ISBN：9787540449117
开本：32 开 / 定价：22.00 元
"美国文学史上的林肯"
献给所有孩子和大人的礼物

《格兰特船长的儿女》
湖南文艺出版社
ISBN：9787540449230
开本：32 开 / 定价：28.00 元
"现代科学幻想小说之父"令
人惊异的科学预言

《海底两万里》
湖南文艺出版社
ISBN：9787540449315
开本：32 开 / 定价：28.00 元
最具魔力的科幻小说经典
充满自由与孤独的深海之旅

《神秘岛》
湖南文艺出版社
ISBN：9787540449223
开本：32 开 / 定价：28.00 元
"现代科学幻想小说之父"令
人惊异的科学预言

《羊脂球》
湖南文艺出版社
ISBN：9787540449292
开本：32 开 / 定价：25.00 元
在他笔下，世人可叹可笑，
寒冷入木三分香

《小王子》
湖南文艺出版社
ISBN：9787540449643
开本：32 开 / 定价：22.00 元
纪念永不尘封的爱与责任

《古希腊罗马神话》
湖南文艺出版社
开本：32 开 / 定价：26.00 元
真正读懂西方的入门课和必
修课
人类对最完美自我的期待

《一千零一夜》
湖南文艺出版社
开本：32 开 / 定价：25.00 元
芝麻开门独放异彩
东方文化不朽杰作

《瓦尔登湖》
湖南文艺出版社
开本：32 开 / 定价：26.00 元
倾听感受寂静之美
隐居的自然哲人絮语
让心灵自由呼吸

《钢铁是怎样炼成的》
湖南文艺出版社
开本：32 开 / 定价：28.00 元
永不过时的红色经典，闪烁
理想主义光彩的励志杰作
一部"超越国界的伟大文学作品"。

《巴黎圣母院》
湖南文艺出版社
ISBN：9787540449933
开本：32 开 / 定价：28.00 元
"法兰西的莎士比亚"第一部
浪漫主义鸿篇巨制

《红与黑》
湖南文艺出版社
ISBN：9787540450076
开本：32 开 / 定价：28.00 元
一个平民青年奋力跻身上流社
会的奋斗史

《八十天环游地球》
湖南文艺出版社
ISBN：9787540449957
开本：32 开 / 定价：28.00 元
凡尔纳最著名的作品

《呐喊》
湖南文艺出版社
ISBN：9787540449926
开本：32 开 / 定价：22.00 元
"以巨大的爱，为被侮辱与被
损害者悲哀，叫喊和战斗"

《野草》
湖南文艺出版社
开本：32 开 / 定价：22.00 元
要读懂20世纪中国的深度，
必看鲁迅；要读懂鲁迅的深度，
必看《野草》

《茶花女》
湖南文艺出版社
ISBN：9787540450588
开本：32 开 / 定价：20.00 元
流传最广的爱情名著，经久不
衰的舞台剧目。

《林家铺子》
湖南文艺出版社
ISBN：9787540450601
开本：32 开 / 定价：18.00 元
一个人奋力挣扎却无力抗拒
的时代悲剧

《童年·在人间·我的大学》
湖南文艺出版社
ISBN：9787540451158
开本：32 开 / 定价：28.00 元
高尔基自传体小说三部曲，经
久不衰的励志佳作

《复活》
湖南文艺出版社
ISBN：978-7-5404-5132-5
开本：32 开 / 定价：28.00 元
列夫·托尔斯泰最受推崇作品
一部人性重生的福音书

《安妮日记》
湖南文艺出版社
开本：32开／定价：26.00元
一个普通犹太女孩在"二战"
期间的心灵独白
一个不屈的灵魂在黑暗中呐
喊，在磨难中坚定地成长

《培根人生论》
湖南文艺出版社
开本：32开／定价：22.00元
英国随笔文学的开山之作，以
智慧之光烛照现实人生
欧洲近代哲理散文三大经典
之一

《机器岛》
湖南文艺出版社
开本：32开／定价：28.00元
"现代科学幻想小说之父"
令人惊异的科学预言
幽默惊险的大洋之旅，见证海
上"世外桃源"的辉煌与毁灭

《格林童话》
ISBN：9787540452278
开本：32开／定价：32.00元
德国民间文学的集大成之作，
世界童话园林的迷人瑰宝

《安徒生童话》
湖南文艺出版社
开本：32开／定价：28.00元
充满奇异幻想的童话森林，流
溢诗意和幽默的美丽新世界
世界童话史上划时代的创作，
丹麦文学皇冠上的明珠

《麦琪的礼物》
湖南文艺出版社
开本：32开／定价：26.00元
曼哈顿桂冠散文作家和美国
现代短篇小说之父经典杰作
一部美国生活的幽默百科
全书

《木偶奇遇记》
湖南文艺出版社
开本：32开／定价：28.00元
被誉为童话文学的《圣经》荣
获意大利政府文化奖的唯一权
威版本

《圣经故事》
湖南文艺出版社
开本：32开／定价：29.80元
认识西方精神文明的必读经典
一部充满了民族悲伤和喜
悦、苦难与盼望的记录